Durchs Münchner Jahr

mit Sigi Sommer
und Louise Pallauf

Durchs Münchner Jahr

mit Sigi Sommer und Louise Pallauf

Eingeleitet von Werner Meyer

edition schulz

Verlag und Verwaltungsgesellschaft mbH

Prinzregentenstraße 54
D-80538 München

Druck und Bindung:
Memminger Zeitung Verlagsdruckerei GmbH
D-87700 Memmingen

ISBN 3-932142-04-7
Printed in Germany

Übersicht

Seite

Zur Einleitung
Das schöne Madl an seiner Seite

Das Luiserl. Wie sollen wir sie bloß nennen? War sie die Freundin von Sigi Sommer, seine Lebensgefährtin? Auch das Wort »Kameradin« ist schon gefallen – aber es paßt einfach nicht, schildert diese Beziehung der beiden zueinander nur verschwommen. Welche Rolle spielte also Louise Pallauf in seinem Leben? Fest steht, daß sie vierzig Jahre beieinander geblieben sind – auch wenn es in seinem Leben noch andere Frauen gegeben hat.

Alles hat im Prinzregentenstadion begonnen. Das Luiserl war damals – 1956 – Mannequin bei Schulze-Varell, dem extravagantesten Modeschöpfer seiner Zeit. Mannequins mußten für Strandmoden braungebrannt sein. Sonnenstudios waren damals noch nicht erfunden. Und so ging Louise Pallauf einfach zum Schwimmen. Groß und schlank stand sie am Bassin, als er aus dem Wasser auftauchte. »Wie Poseidon.« Und er sagte: »Mei, san Sie a scheens Madl, a Taille wie a Sanduhr, aber an Gang wie a Antn.«

Louise wußte nicht, wer da mit ihr sprach. Ein Bekannter sagte ihr später: »Des is der Sigi Sommer.« Aber Louise bedauerte: »Des sagt mir nix.«

Aus der Begegnung wurde eine Freundschaft besonderer Art. Fortan war er so etwas wie ihr väterlicher Beschützer, der sie zu Modenschauen brachte und auf sie aufpaßte. »Er war immer da, immer präsent.« Als ihr Vater im Krankenhaus lag und ihm das Essen dort nicht schmeckte, kochte Sigi Sommer für ihn Hühnersüppchen und brachte es ihm persönlich vorbei. Aus dem Beschützer wurde der Freund, wurde eine enge Beziehung, die Jahrzehnte überdauerte. Sie war Model, und sie zog die Blicke auf sich, wenn sie kam. »Aber dann merkten es die Leute am Reden und am Lachen: das ist keine so Überspannte. Das täuscht nur. Die ist genauso aus dem Volk wie der Sigi«, schrieb die einst berühmte Zeitschrift »Twen« über das Luiserl.

Wie er selbst sie sah, kann man in den Büchern nachlesen, die er ihr schenkte und in die er herzliche Widmungen schrieb: »Meinem innig geliebten Luiserl«. »Meinem geliebten Lebenskameraden«. »Dem schönen Madl an meiner Seite, meiner Lebensgefährtin, der Nummer eins«. »Für meine immer geliebte Louise, mit der ich über dreißig Jahre durchs Leben ging. Liebes Luiserl, laß mich den Rest auch noch an Deiner Seite gehen.«

So steht's also in den Büchern. Sie war die Nummer eins. An ihre Seite kehrte er zurück, auch wenn er zwischendurch verschlungene Nebenwege ging. Sie hat ihn verstanden, sie verstand auch, daß er sein Leben lang Versuchungen nur schwer widerstand. So kam es, daß sich Sigis Freundinnen manchmal sogar bei ihr, dem Luiserl, ausweinten, wenn sie sich mit ihm gestritten hatten.

Zum Schluß wurde sie seine Beschützerin. Schon lange bevor er in die Obhut eines Pflegeheims kam, war der Sigi hilflos geworden – ja, oft hat er sogar das Essen vergessen. Seitdem war 's Luiserl fast immer an seiner Seite – oder sie sorgte dafür, daß der Sigi nicht allein war.

Jetzt also blickt das Luiserl zurück. Sie hat Geschichten ausgesucht, die ihr besonders am Herzen liegen. Und sie schrieb auf, was ihr bei diesen Geschichten durch den Kopf ging.

Wir gehen mit den beiden durchs Jahr, aber auch durch den Alltag. Ihre Aufzeichnungen sind nie indiskret. Wir haben trotzdem das Gefühl, tief in sein Leben hineinzublicken. Er war ein Mann voller Widersprüche, auch das erkennen wir. Ein Poet, der liebevoll von einer Kindheit berichtete, die voller Tränen gewesen sein muß. Der hart sein konnte und sehr weich. Louise Pallauf mußte erst überredet werden, dies alles zu erzählen. Sie tut es nun voller Liebe, ohne ihn zu verklären. Sie enthüllt nicht, aber sie zieht trotzdem einen Vorhang beiseite und schildert ihn aus jener Nähe, die nur ihr erlaubt war. Und so schafft sie es, den Sigi auch uns noch ein Stück näher zu bringen.

Werner Meyer

Jahresanfang

Wie alles anfing

Drei Mütter – und Jahre der Tränen

Louise Pallauf: Gespräche mit Sigi Sommer. Oft ging's um seine Kindheit, von der er so gern und fröhlich sprach. Die Wirklichkeit war anders.
Der Sigi hat in seiner Kindheit so viel geweint, daß der Vater zu ihm sagte: »Du schaust aus wie ein eingsalzener Radi.« Manchmal waren Sigis Wimpern von Tränen verklebt. Er hatte drei Mütter.
Zunächst die richtige, die er die »schöne Mama« nannte. Aber sie war die böse, die ihn aufs Land, nach Steinkirchen in Niederbayern, gab.
Der Sigi kam zu einer Pflegemutter, die er liebte. Wir sind später einmal rausgefahren nach Steinkirchen. Er hatte noch sehr viele Geschichten von den Bauern oder vom Mesner in Erinnerung. Er konnte mir die Kirche und den Baum zeigen, der dem Pfarrer gehört hat und wo die Buben immer Äpfel gestohlen haben. Sigi hatte auch einen großen Bach in Erinnerung – aber als wir davorstanden, war es nur ein kleines Rinnsal.
Die Pflegemutter hatte sechs oder sieben Kinder aus der Klinik in der Maistraße geholt. Sie war einfach von Zimmer zu Zimmer gegangen und hatte gerufen: »Wer hat ein Kind zum Mit-

geben?« Sie behandelte alle gleich – Kostkinder und eigene –, und wenn es zu laut wurde, warf sie einen Holzschuh unter die Bande. Er wird schon den Richtigen getroffen haben.

Dort blieb der Sigi bis zur Schulzeit. Als ihn seine Mutter abholte, hat der Sigi mordsmäßig geschrien. Er wollte nicht weg, er war todtraurig. In Steinkirchen fühlte er sich zu Hause.

In München nahm sich erst einmal die Großmutter seiner an. Eine strenge, fast blinde Frau. Wenn er sich nur beim Bierholen ein bissel verspätete, lauerte sie ihm mit einem Riesenkochlöffel auf, und sie haute ihn vor den anderen Kindern durch.

Und da genierte sich der Sigi schrecklich, wie mir sein Jugendfreund, der Fußballer Buale Bayerer, erzählte.

Als der geliebte Vater einmal dem Sigi die Haare schnitt, spürte er auf der Kopfhaut Narben. »Wo hast du die denn her?« Es waren Erinnerungen an ganz harte Kopfnüsse. Kein Wunder, daß er sich oft unter dem hochbeinigen Küchenofen der Familie verkroch.

Später heiratete der Vater noch einmal, und der Sigi bekam eine Stiefmutter, die seine »gute Mama« war. Die richtige Mutter hatte später in der Müllerstraße einen Milchladen. In den Notjahren nach dem ersten Weltkrieg kam er öfter bei ihr vorbei. Er war damals eine hagere Jammergestalt, immer hungrig – aber sie gab ihm kein Stück Brot,

kein Glas Milch. Eine böse Frau, die aussah wie eine Hexe. Ich habe mich richtig gefürchtet, als ich sie mit dem Sigi zusammen einmal im Altersheim besuchte, wo sie mir gleich ein Horoskop stellen wollte.
Aus dieser Zeit hat er jedoch vor allem das Schöne in Erinnerung behalten. Vielleicht, weil er damals so intensiv gelebt und so viel aufgenommen hat, was andere nicht sahen oder spürten. Er hat zum Beispiel immer davon gesprochen, wie gut damals ein Scherzl Brot roch. Seine Phantasie war so groß, und er konnte nie abschalten. Er dachte immer wieder zurück an die Vergangenheit. Aber genauso oft liefen ihm die Gedanken voran, und er stellte sich vor, »was gewesen wäre, wenn«, wie alles ganz anders hätte laufen können, wenn das Schicksal vielleicht ein bißchen schneller oder ein bißchen langsamer gehandelt hätte.

Denn es steht geschrieben ...

Erstes Bild: Die Vorstadt-Garbo Mimi Luder, die eigentlich Tänzerin werden will, kauft sich in dieser Stunde eine Banane. Genau unter dem Schild »Obst ist so gesund« rutscht sie auf der weggeworfenen Schale aus und bricht sich das Bein. In der Klinik operiert sie der junge Doktor Schlegelmilch etwas ungeschickt. Der Fuß wird schief, dafür heiratet aber der Doktor die Mimi. Und zwei Jahre später wird er mit einer einzigen Gegenstimme als Oberarzt in das Städtische Krankenhaus berufen. Dort sagen nachher zur Mimi Luder alle Leute »Guten Tag, Frau Doktor«.
Zweites Bild: In der gleichen Minute fällt der Hauptgewinn der Deutschen Klassenlotterie auf die Losnummer 34905. Der Rentner Franz Michael Hintertür aus Marktredwitz hat aber nur die Nummer 34904.
Drittes Bild: In einer kleinen Confiseria in Mondello, Kreis Palermo auf Sizilien, sitzt die winzige Mücke Zebeze, deren Stich tödlich ist, auf einem Stück Erdbeerkuchen. In ihrer Freßgier rutscht sie mit dem linken Vorderbein aus und kommt ins zähe Gelee. Ein klebriger Bambino kauft den Kuchen, beißt kräftig hinein, und die Mücke ist beerdigt. Obwohl sie doch eigentlich den Bürgermeister Giacomo stechen sollte. Der wird nun vierundachtzig Jahre und drei Monate alt.

Viertes Bild: Genau zur selben Zeit gräbt sich eine Wühlmaus durch die letzten zwanzig Zentimeter des Anden-Gebirges. Sie will nämlich unbedingt einmal den Stillen Ozean sehen. Ein Erdklümpchen, nicht viel schwerer als jene letzte Schneeflocke, welche eine Lawine auslöst, fällt auf eine überhängende Felswand. Diese stürzt ins Tal und auf den Schnellzug, der nach Antofagasta will. Dabei werden sechsunddreißig Personen und ein ungeborenes, sieben Monate altes Kind getötet. Dieses aber hätte den Namen Ernesto Garcia erhalten und im Jahre 1994 den Krebserreger entdeckt.

Fünftes Bild: In Avignon geht der Aperitif-Händler Mauricio, der schon auf dem Weg zum Bahnhof ist, noch einmal in seine Wohnung zurück, weil er doch die alten Hosenträger anziehen will, da ihn die neuen zu sehr spannen. Daheim erwischt er seinen Schwager mit seiner Frau in flagranti. Er erschießt jedoch den nahen Verwandten nicht und bekommt deshalb auch die dreieinhalb Jahre Zuchthaus nicht, die der Amtsrichter in seiner Verteilerkiste noch übrig hat. Diese bekommt vielmehr gegen Jahresende ein völlig unschuldiger Kabarett-Besitzer.

Ach, und was geschieht wohl noch alles in dieser Stunde zur gleichen Zeit? In Bosnien fällt gerade ein Apfel nicht weit vom Stamm. Und in der Grafschaft Kent reißt einer alten Dame das Schuhband ab. Sie knüpft es neu und kommt dadurch nicht unter den Omnibus, den das grinsende Schicksal eigens für sie gestartet hat.

Der Handlungsgehilfe Zusam aber macht riesige Schritte, weil er doch schneller vorwärtskommen will. Wobei er sich jedoch lediglich der Südküste Grönlands um etwa einhundertvierzig Meter mehr nähert. Er will aber gar nicht nach Grönland. Sondern nach Krailling bei München. Und warum wohl der Inder Sorang Ken Kim so schrecklich erschrickt, weil er um zwanzig Minuten verschlafen hat? Wo er doch nicht einmal die Uhr kennt.

Das alles, so meint Blasius, könnte sich genau so zugetragen haben, dieweil es doch so geschrieben steht. Doch warum diesmal der Spaziergänger seine Phantasie gar so üppig ins Unkraut schießen läßt? Nun ja, weil doch jetzt gerade wieder einer von diesen selbstgebastelten Zeitabschnitten beginnt, welche die Menschen »ein Jahr« nennen.

Und deshalb wird natürlich wieder eingeteilt, vorgenommen, disponiert und vorausbestimmt. Obwohl doch der Dichter schon so schön sagt:

Ja, mach nur einen Plan, sei ein großes Licht,
und mach noch einen zweiten Plan –
gehn tun sie beide nicht.

Und deshalb meint wohl auch der weise Salomon, daß »alles eitel« ist. Die Berliner wiederum bringen das ganze Zukunfts-Quiz auf den alten Spree-Athener-Ausspruch: »Wat soll's.« Während der philosophierende Münchner Bierdimpfl die ganze Angelegenheit am liebsten der Vorsehung überläßt und gelassen entscheidet: »Unser Herrgott werd's scho weißeln – zwoa Zimmer und a Küch.«

Zeit der Vorsätze

In diesen Tagen hat der Mensch wieder einmal wie einst als Kind ein frisch abgeschnittenes Stück Kuchen in die Hand gedrückt bekommen. Und er nimmt sich vielleicht vor, diesmal ganz vorsichtig damit umzugehen. Nicht die Zibeben zuerst herauszufieseln oder zu große Happen hastig in den Rachen zu schieben. Auch bröseln will er nicht mehr und schmatzen, sondern ganz artig mit untergehaltener Hand essen und die süße Füllung langsam auf der Zunge zergehen lassen. Denn so hat man – haben die Erwachsenen schon als Kind zu ihm gesagt – viel, viel mehr davon. Allerdings hat sich der Normalverbraucher selbst als Dreikäsehoch schon gefragt: »Was hat man überhaupt von einem Stück Kuchen, wenn man es gegessen hat?«
Mit so einem frischen Gugelhupf-Stück oder einer Cremeschnitte ließe sich vielleicht auch das neue Jahr vergleichen, meint Blasius. Und mit wieviel guten Vorsätzen gehen deshalb die meisten Menschen auch diesmal wieder an die neue Portion heran, die ihnen das Leben serviert!
Wobei allerdings niemand weiß, wieviel von dem ganzen Kuchen noch übrig ist. Und ob es sich vielleicht nicht gar um das letzte Stückerl handelt. Drum, Freunde und Amigos, möchte der Spaziergänger sagen: »Bin-

det die Servietten fester und eßt mit Verstand, wie die gute Mama einst immer sagte!«
Bevor man aber nun hineinbeißt in diese Nebeltorte, wäre vielleicht einmal festzustellen, was man denn in der nahen Zukunft überhaupt alles tun möchte und was man nicht mehr tun sollte. Sicher möchte man demnächst endlich einmal im Toto gewinnen und der Raquel Welch den Rücken bürsteln. Auch ein Solo mit acht Haxen wäre öfters einmal angenehm. Viele »Stangerl«-Freunde möchten auch gewiß wieder einmal das Rauchen aufhören. Und drum wetten sie mit ihren Stammtischbrüdern mindestens zwanzig Maß Bier, daß sie es schaffen. Aber das Geld für die zwanzig Maß legen sie jetzt schon vorsichtshalber zurück. Die weniger charaktervollen Knechte des blauen Dunstes nehmen sich auch womöglich nur vor, nicht mehr direkt vor dem Schlafen zu qualmen. Weil sie in irgendeinem Hotelzimmer einmal den schönen Spruch gelesen haben: »Rauchen Sie nicht im Bett, die Asche, die herunterfällt, könnte Ihre eigene sein.«
Und dann soll auch auf die Gesundheit endlich einmal ein bisserl mehr geschaut werden. Drum befolgt mancher Vielfraß künftighin den guten Rat: »Nach dem Essen sollst du ruhen oder tausend Schritte tun.« Daß man von den tausend Schritten nicht auch ein paar zu dem nahen Stehausschank abzweigen darf, das steht ja schließlich nirgends geschrieben.
Abschließend nimmt sich der pflichtbewußte Ehemann möglicherweise vor, in den kommenden Monaten nicht mehr nur die zahlreichen Gebotsschilder im Straßen-

verkehr zu beachten. Sondern auch jenen bekannten Hinweis vom Martin Luther, der zum ähnlichen Thema sagt:

In der Woche zwier
schadet weder dir noch mir.

Und welches sind nun ein paar von jenen kleinen Dingen, die das Leben immer nur schwer machen und die der Mensch, der seine Jahresbilanz zieht, deshalb besser unterlassen sollte? Etwa dies: Keine Damen beim Autofahren anzuspritzen, den gerollten Regenschirm beim Gehen nicht so boshaft nach hinten zu stoßen, daß die anderen darüber stolpern. Selbst einem Preußen nicht den falschen Weg zum Hofbräuhaus zu weisen. Oder beim »Vogelzeigen« immer nachher nicht so zu tun, als hätte man sich nur die Haare aus der Stirn wischen wollen. Wo man doch längst keine mehr hat.
Was den Spaziergänger persönlich aber am meisten bewegt, ist die Tatsache, daß das Leben von Jahr zu Jahr schneller und immer schneller wegläuft. Wie eine Lawine, die wieder einen neuen Schneewickel gekriegt hat. Und drum wäre es wohl an der Zeit, daß die Technik endlich eine »Zeitbremse« erfinden würde. Oder vielleicht sollte man dem neuen Jahr wenigstens den Fuß legen können, so wie einst als kleiner Bub. Damit es hinfällt und ein bißchen liegenbleibt. Jedenfalls hat sich Blasius einen kleinen Trick ausgedacht, damit er ja jeden von den dreihundertfünfundsechzig Happen auch ganz bewußt genießt. Er stellt sich nämlich des Morgens nach dem Aufstehen einfach vor den Spiegel und sagt

sich selber laut ins verschlafene Gesicht: »Heut ist der zweite Januar, heut muß ich leben.« Wobei ihm leider zu Beginn des Jahres gleich ein kleines Versehen unterlief. Indem er nämlich ausgerechnet gestern sagte: »Heut ist der zweite Januar, heut muß ich schreiben.« Und das ist halt ein kleiner Unterschied.

Winter

Der Sommer im Winter

Alltag in der Wurzerstraße

L. P.: Der Sigi daheim. Ich sehe ihn noch in seiner grünen Schürze, wie er eine Gans liebevoll tranchiert! Zu Neujahr hat er – und das war Tradition – seinen Freund Stadtpfarrer Fritz Betzwieser und mich in seine kleine Wohnung in die Wurzerstraße zum Gans-Essen eingeladen. Es war zwar ein bisserl unbequem, weil er keinen richtigen Eßtisch hatte, sondern nur einen ganz niedrigen Couchtisch – aber es war herrlich!
Er hat die Gans selbst hergerichtet, mit einer Pinzette das letzte Federl weggerupft. Alles wurde mit der Hand gemacht, er hat die Kartoffeln selber gerieben, bis seine Finger wund wurden. Knödelteig aus der Tüte – da hat er abgewinkt. Alles mußte so sein wie früher bei seinen Eltern. Er konnte phantastisch kochen. Super! Große Essen – das aber war sehr selten.
Sonst lebte er sparsam, richtig spartanisch. Er war ja so diszipliniert. Sicherlich hat er tagsüber oft Hunger und Durst gehabt. Aber er sagte: »Man muß dem Körper nicht immer nachgeben. Meinen Durst hebe ich mir für den Abend auf.« Kaviar hätte er sich nie gekauft. Er hat ihn

zwar gerne verspeist, wenn er eingeladen war, aber sonst hat er darüber gelacht.
Gleich nach dem Krieg war der Sigi ja richtig dick, da gibt's noch einige Fotos. Die Fresserei damals war wohl Nachholbedarf, nach den entbehrungsreichen Kriegsjahren. Dick gefiel er sich selbst gar nicht. So hatte er beschlossen, abzunehmen. Und das hielt er stur durch. Ich habe ihm oft zugeredet: »Sigi, iß doch noch was! Du mußt zunehmen, wenigstens a bisserl.« Aber er zeigte auf die anderen: »Ich mag nicht so ein Gschwollkopf werden. Sieh sie dir nur an!«
Manchmal wurde er schwach. Er hat so gern Süßes gegessen, und ich hab' öfters Kuchen mitgebracht. Den hat er nachts heimlich aus dem Schrank geholt. Und in der Früh ist er der Bröselspur nachgegangen: »Mein Gott, ich bin wieder über den Kuchen hergefallen ...« Das fand er nicht gut, wenn er sich nicht beherrschen konnte.
Einmal am Tag essen, das mußte genügen. Meistens hat er sich aber um sechs Uhr abends etwas gekocht, bevor er dann zum Stammtisch ging – im Winter ins Klösterl, im Sommer zum Augustiner, wo er auch mal nur mitgebrachten Leberkäs oder mal ein halbes Hendl aß. Wenn er beim Leberkäs das Scherzl bekam, also den Anschnitt, den er besonders mochte, dann war das für ihn schon das kleine Glück.
Warum seine Wohnung so winzig war? Nur ein Zimmer und eine sehr kleine Küche? Er hätte sich natürlich ein größeres Appartement

leisten können, ein Penthouse vielleicht mit Terrasse zum Sonnenbaden. Aber das konnte man ihm nicht einreden. »Für dich langt wohl ein Haken, an den du dein Gwand hängen kannst«, hab' ich gesagt. Seine Antwort: »Da hast du recht.« Es gibt natürlich böswillige Leute, die meinen, er habe deshalb eine extrakleine Wohnung gewählt, damit kein Damenbesuch auf die Idee kam, bei ihm bleiben zu wollen. Dafür war einfach kein Platz. In seiner Wohnung und in seinem Leben ...

Sein Wohnzimmer im Winter, das war das Klösterl, sein Stammlokal, das ja nur ein paar Schritte von der Wurzerstraße entfernt ist.

Privatvorstellung

Die liebste kleine Gaststätte vom Blasius in der alten Innenstadt ist nicht viel größer als der Swimming-pool eines Elektrogroßhändlers. Nur gibt es darin natürlich kein Wasser, außer Selters und Schwarzwälder Kirsch. Manchmal blinzelt der Koch ins Lokal, bleich, aber appetitlich wie seine unübertroffenen böhmischen Serviettenknödel, die zusammen mit dem Tafelspitz, dem Wirt, der wie ein veredelter Jennerwein ausschaut, und dem gepflegten Bier, dessen Schaumborte aus Brüsseler Spitze gehäkelt sein könnte, zu den kleinen Sensationen der verschwiegenen Künstlerkajüte gehören. Es ist ein echtes Paradies der falschen Vögel.

Jedesmal, wenn sich der dicke Vorhang an der Eingangstür teilt, bleiben die eintretenden Komödianten eine Sekunde stehen und lassen ihre Erscheinung auf die anwesenden Statisten wirken. Sie geben jetzt ihre Privatvorstellung. Fast immer haben diese Mimen noch ein paar Resterl Mastix und Macbeth oder ein paar Bröserl Wedekind und Werbefernsehen um den Mund haften, wie das Gelbe von einem Frühstücksei. Sicherlich hat der Garderobier vergessen, ihnen das Kinn abzuwischen. Dann verbeugen sie sich leicht, als wollten sie für den stummen Beifall danken.

Denn in dieser Schelmen-Scheune klatscht man natür-

lich nicht mit den Händen. Sondern mit den Augendeckeln. Beispielsweise wenn der »Alte« Lo hereinkommt. Immer ein bißchen von Geheimnissen umwittert und dem verruchten Chanel Nr. 5. Es ist einfach unmöglich, von ihm nicht gefesselt zu sein. Wie es auch von Edgar Wallace heißt. Und sogar die fleißigen Spülerinnen starren da mit ängstlichen Augen aus ihrem Leberknödel-Laboratorium. Wenn er wieder einmal zugeschlagen hat. Der »Häscher mit den Kaschmir-Pfoten«. Als ob sie den Majoran in ihren Suppen-Töpfen vergessen hätten.
Dicht auf folgt ihm meistens der blitzgescheite Beute-Bayer Wolfgang Lukschy. Mit irgendeinem Zitat auf den fleißigen Lippen. Vielleicht mit jenem vom gewesenen Werner Finck:

Wo man trinkt, da laß dich ruhig nieder.
Böse Menschen haben steife Glieder.

Gelegentlich wogt auch der hochdotierte Breitwand-Busen der Valentin drohend über einer noch etwas zu heißen Grießnockerlsuppe. Oder der Muxeneder teilt den mäßigen Lokalrauch. Wie der bloß durch die Gegend schleicht. Lautlos, lauernd und listig. Er müßte doch eigentlich »Lux-eneder« heißen. Meint der Spaziergänger. Wegen seiner gespitzten Schlitzohren.
Und zu späterer Stunde nimmt gewiß die Erni Singerl am Tisch bei der Küche Platz und fängt zu piepsen an. Sie wirkt noch immer genauso appetitlich und gelbflaumig wie ihr Name. Denn »Singerl« ist im Bayerischen doch ein ganz winziges Kücken. Aber vergebens

schaut sich der Spaziergänger immer wieder nach einem stolzen Gockel um.
Spannend ist auch die Begrüßung. Dabei stoßen die alten Bekannten gegenseitig spitze Schreie aus und machen viele Male »Bussi, Bussi«. Doch Scharlatanen-Küsse gehen bekanntlich tausend auf ein Kilo. Chronische Rollen-Rivalen schleudern sich auch nur in säuerlicher Hochachtung gegenseitig die erstklassigen Arbeiten ihrer Zahnärzte mitten ins Gesicht. Sie grinsen.
Früher nahmen gelegentlich sogar noch ein paar ältere »Sterne von gestern« Anteil. Die »Sissi-Mama« Magda Schneider beispielsweise ...

... und sie blickte immer stumm
auf dem leeren Tisch herum.
Bis plötzlich ein süßer Jüngling kam,
den sie dann sanft an ihre Bluse nahm.

Wie ein kleines Helles. Und alle Anwesenden rätselten, für welche Rolle dieser kleine Eleve wohl bei ihr engagiert war.
Nicht alle diese Figuren, von denen ein früher griechischer Kritiker einmal meinte: »Bekränzt sie – aber jagt sie über die Grenzen«, gehören zu jenen Bevorzugten, die im Schlagschatten des ebenso grünen wie meistens fröstelnden Kachelofens Platz nehmen dürfen. Unter der Galerie »der Gehängten«. Einer Sammlung von Prominenten-Bildern, aus deren Rahmen die Marlene Dietrich unter Franz Josef Strauß beharrlich mit nackten Beinen »lächelt«. Wobei sich die christlich-sozialen Oberschenkel des bayerischen Reserve-Bismarck, der

als Radrennfahrer abgebildet ist, sehr wohl mit jenen der »Nachschlüssel-Lene« messen können.

Natürlich fehlt auch das Starlett-Geschwader nicht. Das Rolf Castell, der unwiderstehliche Kulissen-Casanova, mit seinen sanften Steppdecken-Augen dringend testet. Manches der Sternchen hat sich sichtlich unter irgendeinem hartnäckigen Regisseur ziemlich abstrampeln müssen. Man sieht es noch an den zerknitterten Röcken. »Ja, ja, Freunde«, muß Blasius da denken, »hart ist das Leben an der Küste. Besonders aber an der Flimmer-Kiste.«

Und würde man den Spaziergänger aber fragen, ob es in München wohl noch mehr solche Schelmen-Scheunen gibt wie sein geliebtes »Klösterl«, so möchte er sagen: »Ja, sicher und gewiß.« Bloß wird in diesem Komödienstadel den Gästen noch nicht mit Kokain eingeheizt. Sondern mit bravem russischen Erdgas.

Schnee auf allen Wiesen

Zuerst ist der Schnee noch ganz unschuldig. Wie eine Jungfrau von vierzehn Grad. Minus.
Dann kommen aber auch schon die Krähen und lassen sich wie böse schwarze Punkte auf der papierbleichen Tundra im Englischen Garten nieder. Sie trippeln mürrisch herum im schwarzen Leichenschmausgewand. Des Hungers voll.
Sagt der erste Rabe: »Da heißt es immer von den Vögeln des Himmels, daß sie sich nicht um Nahrung sorgen brauchen.« Kräht der zweite Rabe: »Ja, ha, ha, alles Krah-Krah-Krampf.«
Nachher sausen zwei zottige Terrier über die arktische Filiale. Laut und lustig wie Eskimohunde, die aus Spaß den Schlitten vergessen haben. Und sie scheuchen Satans schwarze Schwalben rücksichtslos und brutal auf.
Dann kommt dem Spaziergänger eine Schulklasse entgegen. Freche Buben gehen vom Wege ab und kneten blasse Bälle. Sie schmeissen damit. Einer trifft den gaffenden Klassensprecher direkt in den wichtig aufgerissenen Mund. Schluckend deutet der auf den kalten Minusapfel in seiner mißbrauchten Brotschublade und sagt, weinerlich drohend, daneben heraus: »Den laß' i dlin, bis da Hea Lehrer klommt.«
Nachher bleibt neben Blasius, der die Notizen im ver-

gitterten Anschlagekasten studiert, ein Herr mit dem wehenden Nibelungenmantel und dem schwarzen Hut vom Wotan stehen. Und liest halblaut: »Das Betreten der öffentlichen Grün-Anlagen ist verboten.« Der Mann wendet sich an den Spaziergänger und erklärt ihm drohend:

»Die Herren Beamten müssen endlich lernen, ganzjährig zu denken. Denn auf diesen Vorschriftstafeln steht ja nichts vom Betreten der öffentlichen Weiß-Anlagen. Eine schwere Unterlassungssünde. Ich werde dem Kultusminister schreiben.«

Allerlei Passanten kommen jetzt des Wegs, deuten, denken und diskutieren. Das junge Liebespaar zum Beispiel. Er ist gewiß ein ganz Schlimmer, sieht die flaumige Steppdecke und denkt sofort an sündiges Bettzeug. Doch auch dem Bräutlein kommen beim Anblick der weißen Pracht einschlägige Textilien in den Sinn. Kühle Leintücher und schmeichelnde Damastzudecken. Aber nur für die Aussteuer natürlich. Ganz klar.

Weiter hinten beim Eisbach keucht ein winziger Zwerg mit Zipfelmütze an einer Schneemann-Lawine. Er ist ganz allein und stumm. Jetzt formt er einen kahlen Koloß. Kopf und Hals aus einem Stück. Dann will er ihm zwei kleine Anthrazitkohlen als Augen einsetzen. Weil er aber natürlich nirgends solche schwarze Diamanten findet, dreht er sich einfach die zwei Knöpfe an seinem Mäntelchen ab. Und schon ist der Schneemann sehend geworden.

Dann naht das kleine Volk der Wichtelmännchen und Zwerge mit hölzernen Kufen-Kühen, krabbelnd, kreischend und plappernd. Sie besteigen den lächerlichen Nordhang des »Schnatter-Horns«, das Monopteros-Bergerl, und gleich beginnen die Abenteuer auf dem »Piz Paulinchen«. Sie fahren bäuchlings, rücklings gekoppelt und als Ural-Expreß »liegend aufgesessen«. Damit die Kreisel-Lulla ja recht weich sitzt, legt sich das mollige Schwesterlein Gerde willig als Unterlage auf den harten Hopsasa-Mercedes. Amazönchen Lulla sitzt auf. Dann jubiliert sie und kräht. Wie ein gekitzelter Kirchturmgockel. Kein Zweifel:

Höchstes Glück der Erde –
ist auf dem Rücken der Gerde.

Auch ein paar garstige Kinder tummeln sich zwischendurch. Naht da nicht im Struwwelpeter-Aufzug der Hausmeister-Jacky? In die Zitherstunde soll er eigentlich gehen mit seinem schwarzen Kasten. Und die Tonleiter üben. Vorher möchte er jedoch auch noch ausprobieren, ob der gräßliche Melodien-Sarg auch als Schlitten verwendet werden kann. Und er tut's, setzt sich drauf und rodelt. An einen versteckten Stein hin. Daß die Saiten hell erklingen. Heissa, wie wird er da heute falsch spielen! Vielleicht schickt ihn der alte Musiklehrer gleich gar ganz heim.
Etwas abseits schlittert auch die alte Zeit. Eine Nurse ist's, mit zwei stillen Herrschaftskindern, die ganz in kostbares Rauchwerk gehüllt sind. Nur ein einziges Mal fährt die Gouvernante vorsichtig ab, mit Prinzessin Schneeweißchen und Rosenrot. Dann entschwindet sie stumm und für immer über die weißen Wiesen. Mit den

beiden geheimnisvollen Nachkommen des letzten Zaren.
Nun kommt ein Gassenbub gelaufen. Schaut sich um und geht in den Zehenstand. Und er öffnet das Türchen mit den drei bekannten Knöpfen. Dann tut er das, was alle Buben dieser Welt tun, soweit die weiße Weide reicht. Er »schreibt« in den frischen Schnee. Seinen Namen halt. Nach einer letzten gewaltigen Anstrengung steht er sinnend vor dem feuchten Monogramm. Blasius steht hinter ihm und schaut ihm über die Schulter. Beide sind wohl nicht recht zufrieden. Und der kleine Künstler meint mit einem kleinen Blick auf den Erwachsenen hinter ihm: »Des ›chen‹ foit hoit noch. ›Häns-chen‹ soi des natürlich hoaßn.«
»Natürlich«, nickt der Spaziergänger jugendverträumt und solidarisch, »freilich ›Häns-chen‹.« Da gesteht der Bub ein bisserl verschämt: »Ja, aber vaschtenga S' scho, mia is hoid des Dingsdo ausganga. De Tinte.« Blasius lächelt und versteht's.
Und der kleine Künstler packt seinen winzigen Biesel-Schreiber mit dem lächerlichen »Zipfelhäubchen« wieder sorgfältig ein.

Das braune Kofferl

Bei manchen ist es eine Schublade, auch eine Truhe oder nur eine alte Schachtel. Bei Blasius ein schäbiges braunes Kofferl von jener Sorte, wie sie einst die Hausierer verwendeten, wenn sie von Tür zu Tür gingen und Fingerhüte, Teeseiher, Sicherheitsnadeln oder englisches Pflaster feilboten.
Der Spaziergänger fand es unlängst an einem verregneten Sonntagnachmittag wieder, als er oben im dunklen Speicher nach einem alten Bilderbuch suchte, das er dem kleinen Kohlenträger-Edi schenken wollte. Sinnend saß er lange vor dem Inhalt dieses Pappendeckel-Tresors, der äußerlich brutal auf Krokodil gequält war und trotzdem die kostbare blaue Mauritius der Erinnerung enthielt: die Kleinodien der frühen Kinderzeit, längst vergessene Zeugen des Vorgestern, zusammengetragene Schätze verblaßter Episoden und sonstigen Abfall eines zu Zweidrittel abgespulten Daseins.
Als erstes kommt ein Jo-Jo zum Vorschein. Jene lächerliche Maschine gegen Langeweile, die in den zwanziger Jahren von Gassenbuben genauso wie von Generaldirektoren in sanfter Idiotie auf und ab bewegt wurde. Blasius versucht mit ungeschickten, von der Gelenksteife schon leicht heimgesuchten Fingern, die kleine doppelte Blechscheibe an meterlanger Schnur noch ein-

mal zum Bergaufwärtsklettern zu bewegen. »Aber nein, aber nein, sprach sie.«

Ach, da schau her. Das sind doch wohl noch ein paar Flaksplitter, die damals so reichlich vom Himmel fielen, als die Luft ständig eisenhaltig war. Aus derselben Ära stammt auch das blaue Band. Nein, es ist natürlich nicht das von der »Bremen«, sondern das von der Brenner Susi. Als Pfand für zwei Busserl gegeben, die Blasius aber niemals kriegte. Sondern vermutlich ihr jetziger Mann, der Kaspar Hausleitner. Schade, daß er das Band nicht auch bekam. Sonst hätte er sich gewiß längst daran aufgehängt, denn die Susi wurde als Eheweib böser als ein Furunkel.

Lächelnd hält der Spaziergänger das halb erblindete Vergrößerungsglas in der Hand und betrachtet damit seine linke Hand, auf welcher die Poren nunmehr ausschauen wie die Krater auf der dunklen Seite des Mondes. In den Tagen der letzten Mohikaner war diese Linse ein gefürchtetes Marterinstrument. Denn die gefangenen Bleichgesichter von der Parallelstraße wurden seinerzeit an die alte Kastanie gefesselt und vom Häuptling Silberblick erbarmungslos mit der Lupe bestrahlt, bis der gebündelte Sonnenschein leise Rauchkringel auf der Haut der winselnden Memmen erzeugte. Der Delaware Silberblick bezog dafür einmal vom Schulhausmeister schwere Übergelegte, wobei der den halbamtlichen Vollstrecker bei der Exekution wütend in den Oberschenkel biß. Wahrlich, ein großer Häuptling.

Zwischen einem Batzen altem Glaserkitt, zahlreichen roten Gummischnürln, einer Steinschleuder, die beim ersten Probezug reißt, und einem Glasschusser, der ausschaut wie die versteinerte Pupille einer Katze, findet sich auch noch ein Reklamespiel, bei dem zwei kleine Kügelchen unter einer Glasscheibe so lange umhergerollt werden müssen, bis sie einem Koch, der eine Patentsuppe anrührt, als Augen dienen. Immer wieder probiert es Blasius. Aber seine Hände haben halt vom Rhythmus der Zeit auch schon ein bißchen das »Zitter«-Spielen gelernt. Und der Koch bleibt leider blind.

Dann dreht der stille Betrachter die Münze einer verluderten Währung zwischen den Fingern. Vorne drauf der Bürstenkopf eines betrogenen Marschalls. Und hinten das Unglückskreuz mit den geknickten Balken. Auch sein »Gefrierfleischorden« kommt ihm wieder zwischen die Daumen. Wahrscheinlich heute keine drei Mark mehr wert, der ganze Doppelzentner. Folgen ein Herz-Ober und die speckige Eichel-Sau. Zwei Überlebende eines uralten Tarockspieles. Und schließlich eine Stecknadel mit einem blutroten Glaskopf. In einer Zeit, die längst vergangen ist, gehörte nämlich der Spaziergänger auch einer sogenannten Blase an, die als Kennzeichen an der Reversspitze des Anzugs einen roten Stecknadelkopf trug. Der Boß, der »bleiche Ossi«, so genannt wegen eines unheilbaren Lungenleidens, aber hatte als einziger eine goldene.

Er war ungemein schön und wurde heiß geliebt von einem Mädchen, das heute manchmal noch auf den Photographien von der High-Society auftaucht. Doch Vater war damals dagegen sehr. Da versteckten sich die beiden zwei Nächte lang in der Turmstube einer ehrwürdigen Münchner Kirche und feierten dort wohl auch ihre eigene Hochzeit. Der schöne Oskar starb bald darauf. Und der Heini Weidinger, der trotz seines Studiums auch zu uns gehörte, tröstete die weinende Räuberbraut, die heimlich kam, mit dem schönen Zitat: »Wen die Götter lieben, den holen sie früh zu sich.« Der bleiche Ossi aber, der ohne Schmerz hinübergegangen war, sollte als letztes nur ein einziges Wort gesagt haben, das der Spaziergänger beim Schließen des kleinen braunen Koffers eigentlich auch beinahe gesagt hätte. Nämlich: »Schade.«

Fasching

Die Zeit der großen Bälle

Brotzeit mit den Augen machen

L. P.: Grad habe ich in einem Album mit vielen Faschingsfotos geblättert. Die ersten stammen ungefähr aus dem Jahr 1956, als wir noch wenig Geld und viel Durst hatten. Der Sigi ging gern zu großen Münchner Festen. Wir haben uns schön gemacht und immer viel Gaudi gehabt. Seine Lieblingskostüme: eine echte Indianerausrüstung mit besticktem Lederhemd und Mokassins, die von seinem Vater stammte. Der war Mitbegründer des Münchner Cowboyclubs. Oder er kam als Herold der Stadt mit einem wappengeschmückten Hemd.

Er hat gut getanzt, besser als ich. Er hat es aber auch genossen, den anderen Leuten beim Tanzen zuzusehen. Das nannte er: Brotzeit mit den Augen machen.

Na ja, es blieb halt nicht beim Zuschauen, er hat sich schon an manche Schöne herangemacht. Mit Erfolg. Der Sigi war bei jedem Ball umgeben von einem Damenflor. Ich mittendrin als – wie sagt man im Orient? – Hauptfrau. Aber wehe, wenn ich herumgeflirtet hätte wie er. Jeden, der mich zum Tanzen holte, herrschte er an: »Bring

fei 's Luiserl wieder her!« Wie ein kleines Kind hat er mich da beaufsichtigt.
Bei einem meiner ersten Bälle mit dem Sigi hatte ich – frisch aus dem Internat nach München gekommen – gleich einen Schwips und einen großen Schrecken. Der Sigi hat nämlich den Franz Josef Strauß damals sehr grob angeredet. Sigi war glühend gegen die Wiederbewaffnung von Westdeutschland, und Strauß stellte wieder eine Bundeswehr auf. Richtig beleidigend ist der Sigi geworden – aber Strauß ging darüber elegant hinweg und sagte nur mit dem Blick auf mich: »Ich beneide Sie um diese Frau.« Er war wohl auch nicht nachtragend. Jahrzehnte später schrieb er sogar ein Gedicht mit Genesungswünschen, als der Sigi schwer krank war.
Es waren rauschende Feste damals, als es noch Playboys wie den James Graser gab. Zu den Filmbällen im Bayerischen Hof kamen Brigitte Bardot, Jean Gabin, Maurice Chevalier, die Lollo, die Sofia Loren, Magda und Romy Schneider – alle großen Stars der Zeit! Das war ein riesiger Auftrieb! Oder »Hunters Treibjagd« und die großen Silvesterparties am Swimming-pool vom Bayerischen Hof, der Bal paré, die Studentenfeste im Haus der Kunst, die »Traumkulissen« im Deutschen Theater – zauberhafte Feste voller Phantasie!
Und wild ging's zu, besonders in den »Thermen« des Hotels Regina, in den Kellergängen.

Viele der Herren – auch jene, die gleich nebenan wohnten – nahmen sich damals ein Zimmer im Regina. Zum Umziehen, wie sie sagten. Ich hab' erst später erfahren, daß sie sich dort nicht nur umgezogen haben.
Mit den Spezln vom Stammtisch ging der Sigi auch noch gern zum Faschingsfest der »Juryfreien«. Da wollten sie unter sich sein, und wenn ich jemanden ausfragen wollte, wie's denn so war, hieß es bloß: »Da darf ich nix sagen, sonst bringt mich der Sigi, der große Zampano, um.«
Sonst haben wir den Fasching gemeinsam genossen, sind bis zum Morgen geblieben und hatten unseren Spaß. Aber es liegt nicht nur am Alter, sondern wohl auch an der Zeit: Damals waren die großen Faschingsfeste echte Ereignisse auch für die Prominenz. Nein, es wird nicht mehr so schwungvoll gefeiert wie früher. Plötzlich war die Zeit der schönen Bälle einfach vorbei. Und der Sigi hat gedichtet: »Wo sind die Freunde von gestern und die Räusch' vom vergangenen Jahr?«

Tanzt schneller, Genossen!

»Tanzt schneller, Genossen!« heißt die Parole für den heurigen Fasching. Denn die Wochen der Liderlichkeit dauern diesmal nur ganze dreiundvierzig Tage. Und da heißt es für den Sportsfreund natürlich fleißig sein. Denn das Jahr ist lang, und da gibt es manche Durststrecke zu überbrücken. Wo aber nimmt der Wanderer durch die Unterwäsche die nötigen Telefonnummern her, für die oft so dringend benötigten Raketenstützpunkte und molligen Rastplätze? Vom bayerischen Kultusministerium wird er wohl kaum welche bekommen. Denn die paar Adressen, die dort bekannt sind, werden sicher selbst gebraucht. Also bleiben dem biederen Selbstversorger eigentlich nur der Fasching und das Oktoberfest.
Zu den fünf Festen, die man in der alimentösen Narrenzeit unbedingt besuchen muß, wenn man nicht gerade die Hongkong-Grippe und die Steuerfahndung im Hause hat, gehört zweifellos der Madame-Ball. Denn diese Gala ist immer ein Eldorado für jene Genießer, die gerne »barfuß im Park« spazierengehen. Weil viele der begehrten Madamen zwar verheiratet, aber keine hartnäckigen Damen sind. Blasius jedenfalls ging mit zwei prima Nummern nach Hause. Mit Rufnummern natürlich. Allerdings meldete sich dann bei der einen die

Rheumatismusabteilung vom Rotkreuz-Krankenhaus. Und bei der anderen eine tiefe Männerstimme, die nach etwa zweihundertvierzig Pfund Gewicht und einem eingeschlagenen Nasenbein roch.
Tief beeindruckt war der Spaziergänger wieder einmal beim Anblick der herrlichen Roben und Pelze. Und Blasius mußte die banale Feststellung treffen: »So ändern sich halt die Zeiten.« Denn Madamen, die früher als einzige Haustiere vielleicht zwei Laubfrösche im Einmachglas besaßen, die halten sich heute mindestens drei Pelztiere und einen Seehund im Anbauschrank. Auch eine bekannte Brillanten-Lady traf der Spaziergänger wieder. Die sich einmal mit schweren Rechtsanwälten mit ihm duellieren wollte. Weil er geschrieben hatte, sie war so von Klunkern übersät, wie wenn sie kurz vorher in eine Schaufensterscheibe gefallen wäre. Diesmal war es noch viel schlimmer. Denn diesmal hatte sie ihren resignierten Auberginen-Busen gleich gar mit den Fixsternen der Milchstraße garniert, die ihr wahrscheinlich der Astronaut Borman eigenhändig gepflückt hatte. Aber es half doch alles nix. Denn der einzige Mann, der diese Renommier-Scheuche vielleicht noch begehrt, ist sicher nur der Neckermann. Und der will sie gewiß auch bloß als Kundschaft.
Sonst jedoch herrschte eine anständige Atmosphäre in der herrlichen Traumwelt des Deutschen Theaters. Niemand kratzte sich mit der Gabel auf dem Kopf, und die Herren aßen fleißig ihren »Entwicklungshelfer« aus der Dose. Auch Sexualschrot oder Kaviar genannt. Damit sie nachher auch stark genug waren, um ihrer eigenen

Alten aus dem Weg zu gehen. Und dann kam der liebe Gott, der mit dem Vornamen Karl heißt, gleich gar persönlich aufs Parkett. Dieser Kolchosen-Caruso ist für Blasius einfach ein echtes westöstliches Phänomen. Denn wenn er singt, schweigen tatsächlich alle Funktionen und Funktionäre. Sein Gesang klang etwa wie eine C-Trompete mit Trauerflor beim Jüngsten Gericht. Hingegen der Prinzeneinzug eine amüsante, farbenfrohe Breitwandschau, zwar nicht sehr breit, aber dafür zweieinhalb Stunden lang war. »Ulli der Senkrechtstarter« heißt die Tollität heuer. Von seiner Tollität war Blasius jedoch arg enttäuscht. Die reicht als Treibstoff gewiß nicht einmal aus, um sich geistig bis ins Fernseh-Restaurant, das seine Gesponsin Margot I. betreibt, zu erheben. Nun ja, die wackeren Narrhalla-Recken und -Jecken haben ihm halt nun einmal die Startlizenz gegeben. Der Spaziergänger hätte ihn eher zum Bodenpersonal eingeteilt. Weil er bei jedem Einsatz Angst hätte, der Senkrechtstarter würde zum Bruchpiloten.

Wie das sechste Gebot auf zweiunddreißig Beinen kommt die Garde diesmal daher. Allein von den sündigen Blicken, die ihr zugeworfen werden, hätten bestimmt zweihundert Beichtväter geraume Zeit ein gutes Auskommen. Angeführt wird dieser Stoßtrupp von einem ebenso appetitlichen wie wuchtigen Fähnrich. Eine Art weiblicher Schmied von Kochel. Wenn sie das Banner schwingt, wackeln die Sektgläser auf den Tischen und die Köpfe der älteren Herren auf ihren lüsternen Truthahnhälsen. Bis der Fasching vorbei ist, werden die sechzehn Luftschlangen-Walküren von der

Phantasie der männlichen Ballbesucher gewiß so abgenagt sein, wie wenn sie in einen Fluß voll Pirayas gefallen wären.
Bliebe noch ihre Lieblichkeit Margot I. Ein resches, fesches Hühnchen, bei dem manchem Feinschmecker das Wasser im Munde zusammenlaufen könnte. Besonders wenn er daran denkt, daß dieses Küken auch noch goldene Eier legt. Dabei ist die Margot, des Huhnvater Jahns liebstes Töchterlein, keineswegs ein Typ von dem Baumuster: »Da Babba wead's scho richtn.« Blasius möchte eher sagen, mit ihr ist vielleicht gar nicht so gut Mais picken. Leider kann sie der Spaziergänger aber doch nicht ganz ungerupft davonkommen lassen. Denn was sieht sein grimmiges Auge auf der Krönungsrobe ihrer Lieblichkeit aufgestickt? Nein, nicht den Bayerischen Löwen, sondern ein allerliebstes Wienerwald-Hähnchen.
»Hm«, möchte Blasius da murmeln. Wenn das Schule macht, daß jedes Konfetti-Prinzeßchen neuerdings die Embleme ihres Berufsstandes auf dem Prunkgewande trägt, dann müßte beispielsweise die Tochter eines Kammerjägers kräftige Wanzen-Bullen aufgestickt bekommen. Und eine Krankenpflegerin vielleicht kleine niedliche Blinddärme. Was aber, fragt sich der Spaziergänger noch lang – was würde da wohl die Beate Uhse tragen müssen, wenn sie Münchner Faschingsprinzessin wäre?

Zeit der Narren

Allüberall finden jetzt wieder die jahreszeitlichen Fleischbeschauen statt. Die Faschingskostüme der Damen bestehen nur noch aus lauter Pausen. Und Wadschenkel, Brustspitz sowie Halsgrat laden zur Mitternachtsbrotzeit mit anschließendem Frühstück herzlich ein. Bei den Haus- und Grausbällen werden die liebwerten Lieferanten finanziell total abgelaicht wie fette Zuchtforellen in der Schonzeit. Und die vornehme Gesellschaft trifft sich wieder auf den Wohltätigkeitsfesten.

»Vergiß-mein-nicht-Soiree zur Wachstumsförderung der Augenzähne unehelicher Watussi-Kinder« heißen diese Bälle. Das Protektorat hat dabei mindestens ein amtierender Minister zu übernehmen, der sich dann allerdings gerade noch rechtzeitig entschuldigen läßt, weil er nämlich ausgerechnet am gleichen Abend eine dringende Sitzung mit seinem Staatssekretär »Sofa« hat.

So eine Fiesta der Nächstenliebe beginnt gewöhnlich mit einer Polonäse, auch Ischias-Umgang genannt. Anschließend filtern die anwesenden Gönner mit ihren Schrumpfnieren gehörige Mengen Kognak und Sekt. Und zum Schluß wird weithin bekanntgegeben, daß der erzielte Reingewinn spielend ausreicht, um zweiundvierzig Löffelschoner für das Unteroffizierskasino einer kongolesischen Veterinärkompanie anzuschaffen.

Auch die Faschings-Tollitäten sind fleißig unterwegs und denken sich immer wieder neue Gags aus, um ihren närrischen Untertanen wenigstens ein säuerliches Lächeln abzuluchsen. Und nur wer den organisierten Fasching kennt, weiß, was die zwei Tollitäten leiden und was für ein hartes Stück Arbeit die berufsmäßige Fröhlichkeit ist. Da muß ein Prinz schon vom Hubschrauber in den Ballsaal abspringen, ohne Fallschirm natürlich, bis er endlich ein abgestandenes Schmunzeln auslöst. Und so viel Staubzucker gibt's selbst nach der allergrößten Rübenernte nicht, wie er da verblasen müßte.

Jubel, Trubel und Heiterkeit herrschen auch wieder auf vielen Vereinsbällen mit ihren schönen Ansprachen und den herrlichen Tombolas, wo allerlei witzige, von den Vereinsmitgliedern gestiftete Gebrauchsgegenstände zu gewinnen sind: eisenharte Weihnachtskekse, Schwungräder für Pfannkuchen oder selbstgegorener Stachelbeerschnaps, bei dem man die Stacheln noch tadellos herausschmeckt. Mittendrin kommt zu diesen Festivitäten wohl auch noch der Hausprinz vom befreundeten Liederkranz »Asthma« in grüngefärbten Unterhosen und vertrinkt in kurzen Zügen die zurückgelegte Lustbarkeitssteuer. Anschließend verleiht er dafür einige versilberte Laubsäge-Orden. Und diejenigen Mitglieder, die kein solches Gaudikreuz bekommen haben, schreiben dann sofort im Nebenzimmer ihre Austrittserklärungen aus diesem »Sauhaufen«, dem sie vierundzwanzig Jahre treu und verbissen angehört haben.

Ganz gewiß wird auch der Faschingsausklang wieder da und dort recht fidel. Draußen in den Vorstadtwirtschaften beerdigt man wahrscheinlich auch heuer wieder den größten Saufaus der Tafelrunde als Faschingsleiche auf die alte köstliche Art: Man legt ihn auf die ausgehängte Toilettentür und deckt ihn mit einem zweifelhaften Tischtuch zu. Vor seiner endgültigen Beisetzung draußen im Hof bei den Mülltonnen wird er dann überschüttet mit Verwünschungen, dem Inhalt von Aschenbechern, altem Kartoffelgemüse sowie Sprudel mit und ohne Geschmack. Ja, das gehört Gott sei Dank auch noch immer zu einem echten, urwüchsigen und bodenständigen Narrenbrauchtum. Juhu und juchheisassa!

Frühling

Der Sigi, der Lenz und der Stammtisch
»Laßt uns von der alten Zeit träumen ...«

L. P.: Kaum war das Frühjahr da – schon wollte der Sigi zum Augustiner, in den Biergarten. Auch wenn es noch so kalt war. Zum Schluß hatte er sich eine elektrische Leitung zu dem Baum legen lassen, unter dem wir saßen. Und da schloß er sein Heizkissen an. Ein Bub vom Nebentisch, Andreas, besah sich das genau: die Leitung vom Baum bis zu dem Kissen, auf dem der Sigi saß. Und dann rief er ganz laut: »Mama, Mama, schau, der Mann hat Strom in der Hose!«
Der Stammtisch hat ganz klein begonnen. Anfangs saßen wir – der Sigi, ein paar seiner Jugendfreunde mit ihren Frauen und ich – an einem Tisch im Augustiner ganz hinten. Und ich durfte vom Maßkrug immer nur ein paarmal nippen – an einer Stelle gegenüber vom Henkel. Der Sigi war sehr sparsam, aber damals mußte er es sein. Wenn wir zum Baden an die Isar gingen, nahm er Malzkaffee und Streichwurstsemmeln mit.
Am Anfang unserer Bekanntschaft ging der Sigi auch oft zum Kartenspielen in ein Wirtshaus im Tal. Da hab' ich ihn manchmal abgeholt. Einer dort hat immer wieder Zuchthaus-

lieder gesungen. Knorke hieß er, und er war Einbrecher von Beruf. Und nebenan saßen Damen, von denen es hieß, sie müßten jetzt gleich zur Arbeit in eine Bar. Der Sigi liebte dieses Milieu: die schweren Jungs, die kleinen Leute – und er hat sie ja auch oft und gern beschrieben.
Als dann sein Ruhm groß und größer wurde und als er sich vom Dietl Maßanzüge schneidern lassen konnte, wurde auch der Stammtisch groß. Besonders in den sechziger Jahren. Der Bundespräsident kam an den Tisch, auch Willy Brandt und natürlich der Polizeichef. Manchmal saßen die Gäste in drei Reihen – ein Stuhl hinter dem anderen.
Sigi Sommer führte streng Regie. »Streng, aber ungerecht«, wie er sagte. »Jetzt ruckts zsamm, es kommt noch einer, es geht scho no.« Aber kommen durfte nur, wer vom Sigi selber eingeladen worden war. Die Spezln zahlten einen Jahresbeitrag – für Floßfahrten, für Feste oder für Kränze, wenn ein Freund verstorben war.
Sigis berühmter Stammtisch – zum Schluß war das eine traurige Geschichte. Denn in den letzten Jahren waren wir oft allein oder zu dritt. Er hatte so vielen die Hühnerleiter des Erfolgs hinaufgeholfen. Jeder war erpicht darauf, vom Sigi in einem Artikel oder in der Klatschspalte »Ganz privat« erwähnt zu werden. Aber als es dann langsam abwärts ging mit seinen Kräften und er aufhörte mit dem Schreiben, wurde es auch an unserem

Stammtisch immer stiller. Viele waren gestorben, vielen war's zu anstrengend, abends ins Wirtshaus zu gehen, oder sie hatten sich alles gesagt, was es zu sagen gab. So ist das Leben. Aber der Sigi bestand weiter darauf: möglichst jeden Abend an den Stammtisch. Der war sein Wohnzimmer, sein Zuhause.
1984 schrieb der Sigi in einem resignierten Rundbrief an seine Biergarten-Amigos: »Doch auch allen anderen Stammtischfreunden wird es wohl schon längst aufgefallen sein: Der alte Schwung ist hin. Und von dem einst in ganz Deutschland berühmten Stammtisch ist eigentlich nur noch der alte vernarbte Tisch geblieben. Der Stamm jedoch ist langsam, aber sicher alt, morsch und müde geworden. Und auch die letzten Blätter unserer einst so geliebten Kastanien werden sicher bald vom Abschiedswind weggetrieben werden. Ich möchte deshalb sagen: Laßt uns dann doch lieber von der schönen alten Zeit träumen oder reden. Denn alle alten Zeiten waren einstmals schön.«
Er schrieb dies – so steht's noch in dem Brief – »an einem Tag im grauen Mond Dezember 1984«. Ja, so ging's zu Ende mit dem Stammtisch. Und die Krankheit hatte damals schon den Sigi gepackt ...
Wieder traurige Gedanken. Dabei liegen vor uns Geschichten vom Frühling ...

Zeit der Schlüsselblumen

»Freitag, der 20. März, Frühlingsanfang«, steht auf dem Abreißkalenderblatt. Und Blasius ist diesem chronischen Kopfverdreher wieder einmal auf der Spur. Obwohl sicher noch nicht alles so läuft, wie es soll. Außer den Katarrh-Nasen.

Drunten in Wahnmoching, da sitzen aber an manchen frühwarmen Tagen doch schon die Notwendigen und die Dringenden vor den Faulenzer-Trottoirias. Sie sitzen im Gegenlicht.

Denn wenn eine der langhaarigen Mausefallen, die vorübergehen, lächelt und dann wegschaut, so kann man sicher sein, daß sie unter ihrem dünnen Kapitulations-Fähnchen nichts drunter hat als ein bißchen Deo-Spray und einen Hauch von dämmrigem Vormittag. Der Spaziergänger aber schätzt, daß es sich bei den Nutznießern dieser himmlischen Röntgen-Strahlen wohl ausschließlich um Studenten der Mathematik handeln muß. Denn sie zwinkern doch alle bloß nach dem gleichschenkeligen Dreieck. Und murmeln vielleicht auch noch ein bißchen vor sich hin: »a-Quadrat plus b-Quadrat ist gleich Amore.«

Jungfrauen kommen und gehen. Dort die lange Dünne marschiert so kerzengerade und vorsichtig, als hätte sie ein frisch eingeschenktes Pils auf dem Scheitel. Gleich

nachher nimmt eine andere den Weg derart energisch zwischen die Beine wie eine riesige Schneider-Schere den Stoff für ein Umstandskleid.
Vor dem kleinen Spiegel an der Omnibus-Haltestelle sagt ein blutjunges Ding zur Freundin, die vermutlich schon eine Klasse höher »arbeiten« läßt: »Schau bloß, Didi, ich glaub', ich krieg' ein Wimmerl.« Und sie drückt an ihrem Himmelsschnufferl. Dabei ist ihre Stirn ein einziger Streuselkuchen. Morgen wird sie sich Ponyfransen kämmen. Und demnächst auch einen fleißigen »Lover« suchen. Wie ihre Freundin, die seitdem einen Teint hat, so glatt und sauber wie ein Unterteller.
Straff zieht ein winziger, lila gefärbter Pudel an der Leine, als er einen riesigen Dobermann anstrebt. Man könnte direkt eine Melodie auf dem gespannten, dünnen Nylonseil spielen. Vielleicht: »Laß mich, laß mich einmal dein Torero sein«. Aber da müßte das Fraule wohl eine kleine Klappleiter kaufen.
Der verspätete Skifahrer, der nun daherkommt, hat ein Bein ganz in Gips. Viele Autogramme sind auf der weißen Hülse und auch die Abdrücke herzhafter Kußlippen. Es muß wohl ein besonders Schneller gewesen sein. Im Wedeln. Und auf der Wadenseite ist ganz deutlich zu lesen: »Wer niemals einen Knöchel brach, der ist kein braver Mann.«
Dann kommt die Miß Universum persönlich dahergestöckelt. Sie trägt die Nase so hoch wie die Spitzerl von geschulterten Langlauf-Skis. Ein frecher junger Caruso singt in ihre Richtung nach dem bekannten Hawaiien-Lied einen abgewandelten Text:

Wenn du mal a oids Wei bist
und dein Herz noch immer frei ist,
nacha brauchst aa nimma
zu mia kemma.

In der Tat, die Lady gibt an wie die »Gräfin Koks von der Gasanstalt«, hätte man in der Maienzeit von Blasius zu so einer gesagt. Wahrscheinlich hat sie noch nie von dem Vers des berühmten Dichters François Villon gehört, der von solchen Damen meinte:

Nur ein paar Jahre noch, und euer schönstes Stück
schiebt man euch wie einen falschen Franc zurück.

Drüben im Englischen Garten nehmen auch noch die älteren Hagestolze die Parade ab. Jene, von denen es so schön heißt:

Sie stelzen hin, sie stelzen her –
sie haben keine Chancen mehr.

Sie tragen brave Rheumatismus-Unterwäsche, die auch im Frühling nirgends mehr zwickt. Sie ist nur noch zum Bügeln da.
Jetzt aber kommt über die kleine Brücke ein geschminktes Scheusal. Angemalt wie der russische Clown Popov. Nur noch viel komischer. Unter dem Kotelett-Grat trägt sie ein schulterfreies weißes Kleid, das ausschaut wie ein verrutschter Diphtherie-Wickel. Die Schulterpartie dieses Konfektions-Galgens ist so

reizlos wie ein Kleiderbügel, auf den jedermann seinen Trenchcoat aufhängen könnte. Nur gut, daß die zwei winzigen Schräubchen ihre schauerliche Anatomie noch ein bißchen zusammenhalten. Sonst würde sie wohl sofort auseinanderfallen. Sogar das Wasser unter der Brücke murmelt ganz deutlich die Melodie: »Was klappert die Lilli am rauschenden Bach«. Und der boshafte Spaziergänger meint, die hat wohl die »Zeit der Schlüsselblumen« mit der »Zeit der Schlüsselbeine« verwechselt.

Dagegen wieder das Angebot auf den Stufen des »Monte Zufall«, des Monopteros-Hügels. Mädchen mit Beinen bis zu den Weisheitszähnen hinauf. Wenn ihre Gedanken Schall werden könnten, so würde es wohl auf jeder Stufe laut schreien: »Hierher bitte«, »Hierher und sofort« oder »Mutti wird zwar schön schimpfen, aber die hat ja schon immer einen Frosch im Hals«. Sobald sich die jungen Todsünden dann ein bißchen in der gelben Sonne räkeln, sieht man ganz deutlich, was unter den dünnen Pullis alles los ist. Nämlich jene zwei Teufelchen, die eigentlich fest angebunden sein müßten.

Zum Schluß inspiziert Blasius dann auch noch die kleine Marmor-Säule des zierlichen Liebes-Pavillons. Aber er entdeckt eigentlich außer Telefonnummern, Angeboten in verbotenen Dingen und Rendezvous-Terminen nichts Neues auf diesem Nachrichten-Zylinder. Doch halt, ganz rechts unten am Sockel kann er eine Inschrift entziffern, die sichtlich von den glücklosen zwei Königskindern handelt. Denn sie lautet:

Ich bin zu dumm,
du bist zu dumm –
geh ma sterben, kumm.

Und die Jahreszahl 1980. Doch ein kleiner Zusatz verwischt dann die kleine Wehmut, die Blasius befallen hat, sofort wieder. Ein bißchen entfernt von dieser Abschiedsbotschaft ist nämlich ganz deutlich hingekritzelt: »Es hat doch noch geklappt – ein Buberl ist's geworden – März 1981.«

Sandbank-Saison

Freunde, Amigos, Muchachas und Meisjes! Es ist allerhöchste Zeit, daß ihr euch wieder hinstreckt unter das grinsende Zentralgestirn, damit ihr wieder bronziert werdet. Und die Farbe der Kulis, der Kanaken, der Knechte, der Komantschen, der Krapfen und der Kirchweih-Nudeln annehmt. Drum auf auf, beziehungsweise nieder nieder! Zum herrlichen Brutzeln, Bräunen und Braten. Und damit der Dichter endlich wieder vermelden kann:

Urahne, Großmutter, Mutter und Kind
unter der gräßlichen Sonne versammelt sind.

Denn leider ist diese Seuche so weit verbreitet, daß sich jedesmal, wenn die »Österreicher Marie«, wie die blonde hitzige Himmelskuh auch noch gerne genannt wird, bloß ein bißchen blinzelt, bereits zehntausend Quadratmeter käsiger Europäerhaut bereitwillig von ihr belecken lassen. Blasius gehört leider auch selbst zu jenen, die da meinten, Braun sei die allein selig machende Farbe, obwohl sich das als arger Irrtum erwies. Dabei muß doch jeder vernünftige Mensch zugeben, daß der Kuß des feuervergoldeten Wanderpokals eigentlich entsetzlich schmeckt, so als würde ihn eine alte Hexe küssen. Mit sieben Warzen auf der Oberlippe und eben-

so vielen Knopflöchern auf der unteren zum Zuknöpfen. Weil's doch auf dem Besenstiel so sehr zieht. Und stimmt es etwa nicht, daß ein Schweinshaxn-Martyrium noch wesentlich ärger und dümmer ist als »wie mit einem schmutzigen Stock ins Oche«, wie die Preußen sagen würden. Nur schade, meint der Spaziergänger deshalb, daß man sich über diese Selbstquälerei nicht bei der Liga für Menschenrechte beschweren kann. Die das doch längst hätte verbieten müssen. Denn wer die Augen beim Sonnenbaden auch nur ein bißchen öffnet, ist doch sofort so geblendet, als würde ein Geheimagent vom Verfassungsschutz mit seiner Halogen-Lampe die deutsch-deutschen Pupillen kontrollieren.
Und nun hat irgendein Narr auch noch das Märchen verbreitet, daß dieselbe Sonne, die ihm die Haut so ruiniert wie beim Probeliegen in einem städtischen Krematorium, im gleichen Vorgang auch noch die Zähne bleichen würde. Weshalb jeder der unheilbar verblödeten Gestalten sein blankes Gebiß in den pausenlosen Ultra-Segen hält. So daß es beispielsweise auf der Isar-Sandbank beim schönen Flaucher droben an einem warmen Nachmittag ausschaut wie bei einem Erntedankfest der letzten australischen Kopfjäger.
Und weil Blasius, wenn von solchen Schädelstätten geredet wird, immer wieder gerne hinaufgeht zu dem kleinen Kiesel-Eiland seiner Kinderzeit, auf welchem hauptsächlich die käsigen Winterhäute der Untergiesinger Schönheiten brachliegen, ist er dieses Mal schon ziemlich früh zu einem Kontrollgang gestartet. Und tatsächlich trifft er sie termingemäß bereits im ersten

Suhlensaft an. Alle jene Typen, die leider zu einer geregelten Arbeit nicht zu bewegen sind, weil sie halt ihren eigenen Schweiß einfach nicht riechen können. Und abends auf der Promenade lassen dann Winnetous Bräute, wenn sie auf ihre erste Schweinchen-Dick-Farbe angesprochen werden, die Frage offen, ob sie sich nun am Lido oder bloß auf einem Hinterhaus-Balkon in der Ligsalzstraße diesen Teint geholt hätten.
Auf dem mit hunderttausend buckligen Steinen gepflasterten Garten Eden bei der Schinderbrücke haben sich die Dauergäste bereits kleine Gräber ausgehoben. So daß man an eine vor zweitausend Jahren verlassene Keltensiedlung erinnert wird. Auch kleine Täfelchen mit irgendeiner erfreulichen Mitteilung sind an diesen Stammplätzchen zu finden. Beispielsweise entdeckt der Spaziergänger eine sehr vielsagende Mitteilung, die eigentlich ganz schlicht verkündet: »Komme täglich Renate«. Worauf irgendein Wüstling diese Meldung auch noch mit dem lüsternen Zusatz versehen hat, der also lautet: »Das ist auch wesentlich gesünder als das von Martin Luther empfohlene Zweimal-in-der-Woche.«
Und als Blasius dann zum ersten Mal durch diese Gegend isaraufwärts schleicht, da steht er mit seiner dämlichen Badehose plötzlich inmitten einer Familie, die anscheinend gerade den ersten Sündenfall probt. Denn mit stiller behördlicher Genehmigung hat sich dieses Eiland schnell zu einem Nackedei-Atoll entwickelt. Da wird dem Eindringling plötzlich klar, daß ihn die doch alle für einen ausgesprochenen Lurer halten müssen. Und er kommt in eine arge Situation, als ihn der Spre-

cher der kleinen Nudisten-Clique ganz scharf anweist: »Mann, hol bloß die Flagge ein.« Also zögert der Spaziergänger einen Augenblick, doch dann fällt ihm ein, daß er ja an den anstößigen Stellen so blaß sein würde wie ein weißer noch unentdeckter Fleck auf der Landkarte des schwarzen Erdteils. Also bleibt ihm wohl nichts anderes übrig, als einen gekonnten Rückzug anzutreten, der ihn allerdings dazu zwingt, schwimmend die Wasserstraße zu benützen. Um aus dem schönen »Freistaat Tuttlingen« nicht mit Hohn und Spott vertrieben zu werden.

Für seine weiteren Besuche, die trotzdem ganz bestimmt stattfinden werden, hat sich Blasius deshalb schlauerweise entschlossen, sich schleunigst einen sogenannten »Indianer in der Dose« zu kaufen. Nämlich einen der völlig schmerzlosen und bereits in Sekunden wirkenden Sonnenbraun-Sprays.

Der Fuchsdeifiswind

Ja, da ist er ja endlich wieder. Der »Fuchsdeifiswind«. Wie manche der von ihm heimgesuchten Voralpenländler zu diesen Abgasen des schuftigen Beelzebubs auch sagen. In der gescheiten Nobelsprache heißt dieser »Windjammer« allerdings nur ganz schlicht und ergreifend »Föhn«. »Warmer, trockener Fallwind« steht darüber im Großen Duden auf Seite achthundertsoundso. Allerdings weiß dadurch der Betroffene immer noch nicht, was sich hinter diesem Teufelstaifun wirklich verbirgt.

Tatsache jedenfalls ist es, so schwören wenigstens die Münchner, daß es ihn rein und pur nur in der bayerischen Landeshauptstadt gibt. Oder vielleicht auch noch ein kleines bisserl in Oberbayern. Nur diese Gegenden sind tatsächlich föhnig. Das übrige Abendland dagegen, so sagen die eingefleischten »Seppl«, ist höchstens »windig«.

Und deshalb spüren vielleicht nicht alle Menschen in unseren Breitengraden diesen hinterlistigen Ozon, der irgendwo vom Ettaler Mandl herkommt. Viele lachen zwar über das Gezeter der Anfälligen und sagen unverhohlen in schnippischem Hochdeutsch: »Geh, bei denen piept's wohl.« Aber wenn es einen solchen dann selber trifft, dann trifft es ihn schwer. Selbst wenn er aus

jenem harten Lande stammt, das sich Niedersachsen nennt und wo die Leute nach einem berühmten Lied angeblich »sturm«-, »fels«- und »erd«-durchwachsen sind.
Selbst pfiffige Potsdamer, kecke Kölner oder wuchtige Westfalen gehen dabei in die Knie, rennen von der Apotheke zum Wahrsager und würgen alles, was sie vorher über die empfindlichen bayerischen Ureinwohner und den lächerlichen Südwind hämisch »veräppelten«, in stillem Schmerz und ehrlicher Zerknirschung wieder zurück.
»Am liebsten morgen ich sterben mag«, stöhnt der echte Föhnbruder mit dem Dichter. Schon beim Aufstehen tun ihm nämlich alle Haare einzeln weh. Dem Kahlköpfigen sogar jene, die ihm längst ausgefallen sind. Und er fühlt sich so elend, als hätte man ihn mit dem Reibeisen frisiert. Im Kopf aber trägt er einen uralten, grauen Kartoffelknödel herum, den kein Mediziner mehr als Hirnsubstanz bezeichnen möchte. Und die Luft ist überall wund, weh und gereizt. Man möchte sie am liebsten in kleine Fläschchen abfüllen und bösen Menschen auf Weihnachten schenken. In den Straßen scheppert und klirrt es unentwegt. Denn auch Gottfried Daimlers blecherne Erben sind vom Föhn befallen. Mit tückisch gesenkten Stoßstangen gehen sie aufeinander los und nehmen sich gegenseitig völlig grundlos auf die Hörner. Selbst der rauhe, sonst fast unempfindliche Handwerker keucht unter der Föhn-Besatzung. Und plötzlich fuchtelt er zerfahren und völlig weggetreten mit dem Meterstab herum. Knickt ihn

immer wieder ab und macht geometrische Figuren daraus. Und wenn er sie dann ganz genau betrachtet, ist es immer wieder ein Galgen geworden, was er da ganz unbewußt geformt hat. Der einsame alte Rentner wiederum in seinem Dachkämmerlein will sich auf dem Gas sein mageres Süpplein kochen. Doch da überfällt ihn auf einmal eine große Schwermut. Und er sagt zu sich: »Zu was denn noch lange so ein Armenhaussupperl zubereiten?« Und dann ißt er das Gas einfach roh.

»Wer bei so am Wedda net krank werd, der is überhaupt net gsund«, pflegte der Auer Vorstadt-Philosoph Karl Valentin in solchen Zeiten zu sagen. Denn auch er wußte kein Mittel gegen diesen entsetzlichen Schirokko. Manche älteren Eingeborenen behaupten zwar, man solle in diesen Tagen viel Jakobi-Äpfel essen, nach Möglichkeit immer auf den Boden schauen und danach trachten, daß man sich auf der Straße beim Spazierengehen zwischen zwei Rothaarigen postieren kann. Nervenärzte indes glauben, daß heiße Bäder helfen könnten. Und raten, ja in kein grelles Licht zu schauen. Nach Möglichkeit sollten ferner nur Romane von Rilke oder Herbert Rosendorfer gelesen werden.

Trotz all dieser Ratschläge und Patentrezepte jedoch schleicht sich der tückische Kopfweh-Erzeuger weiterhin unangefochten über die Alpenkämme ins schöne Bayernland. Und dieser Häusl-Schleicher bewirkt dann sogar, daß grundgütige Mütter ihre völlig unschuldigen Kinder übers Knie legen und so versohlen, daß sie pfeifen wie überhitzte Patentkochtöpfe.

Gnädige Amtsgerichtsräte, die sonst immer bereit sind, Bertolt Brechts berühmtes Leitmotiv »Verfolgt das kleine Unrecht nicht so sehr« anzuwenden, teilen Gefängnisstrafen aus, die länger sind als die Via Appia. Während würdige, absolut korrekte Ärzte ihre leichtkranken Patienten in den Kliniken rücksichtslos aus den Stationsbetten werfen. Um sich stöhnend selbst hineinzulegen.

Ach und Weh

Wenn der Sigi krank war
»Das wird gschluckt, das wird gnumma ...«

L. P.: Er hat sich immer lustig gemacht über die Apothekerkastl der Münchner. »Die Leute heben sich alle Medikamente auf, und dann wissen s' gar nicht mehr, was gegen Warzen helfen soll und was für die Leber ist.«
Bei der Medizin aber war der Sigi wie alle Münchner. Als wir einmal in seiner Wohnung aufräumten, fanden wir im Apothekerkastl und im Badezimmer-Schrank Berge von Schachteln und Röhrln. Mittel gegen Gicht wie gegen Kopfweh oder Wundpuder. Alles. Er konnte auch ein Hypochonder sein, der auf jedes Wehweh in seinem Körper horchte und es als Ausrede benutzte, um irgendeine Arbeit hinauszuschieben.
Er hat gerne andere kuriert. Gicht? »Da hab' ich was. Das wird gschluckt, das wird gnumma ...«
Es fing schon an, als ich ihn kennenlernte und Magenschmerzen hatte. Schon hat er kommandiert: »Da hab' ich was.« Ich soll gleich mit ihm raufkommen in seine Wohnung. Aber das habe ich mich damals nicht getraut. Ich wartete lieber im Auto. Also ging der Sigi los und rührte in seiner Wohnung Digestivpulver in einer Tasse an. Und das

brachte er mir runter. Das Pulver drehte einem den Magen um. Dabei hatte ich doch nur Hunger. Ich war damals Model und mußte sehr dünn sein.

Im Ernstfall war der Sigi tapfer. Und den Ernstfall gab es für ihn oft.

Viermal mußte er mit Darmverschluß ins Krankenhaus und operiert werden. Einmal hatte er eine schwere Rippenfell- und Lungenentzündung. Lebensgefährliche Erkrankungen. Aber das alles hat er mit unglaublicher Geduld und ohne Klagen ertragen.

Er ging auch ohne Zögern bei jeder Kleinigkeit sofort zum Zahnarzt – da wurde nichts hinausgeschoben. Nur bei großen Schmerzen hat er kräftig geflucht.

In seinen letzten Jahren ist so vieles aus seinem Gedächtnis entschwunden. Das hat ihm womöglich einiges erleichtert.

Er wußte oft nicht, wo er sich befand. Er glaubte, den Garten im Altenheim habe er selbst angelegt. Der Sigi hatte vergessen, daß seine Wohnung in der Wurzerstraße war. Als ich ihn einmal dorthin brachte, sah er sich um wie ein Fremder, und er wollte gleich wieder weg.

Dann aber erkannte er alte Freunde wieder, die ihn im Heim besuchten. Kurz vor seinem Tod war Ernst Müller-Meiningen jr., der frühere Kollege, bei ihm. Der Sigi hat ihn umarmt und gestreichelt. Wir alle spürten: Es war ein Abschied.

Ganz zum Schluß, als er sich die Hüfte brach, kamen wieder große Schmerzen, wie so oft in seinem Leben. Aber früher hat er sich darüber ja auch noch lustig gemacht wie übers Apothekerkastl ...

Brücke ins Jenseits

Zuerst meinte Blasius, er hätte die dreizinkige Gabel verschluckt. Doch die lag noch immer bei seinem Besteck. Dann dachte er, hallo Freund, du hast bestimmt den Tiger im Bauch. Doch als ihn sein Nabel schließlich schmerzte wie eine Rede des Vorsitzenden Heinrich, da ging der Spaziergänger zum Jod-Onkel. Dieser verpaßte ihm zwei gut eingeschenkte Radlpumpen voll »Schmerz, laß nach« und vier lateinische Namen, bei denen es sich ebensogut um pakistanische Flüche handeln konnte. Anschließend ging Blasius in seine Stammkneipe und schüttete zur Sicherheit noch rasch fünf Weißbier hinten nach, um den Teufel im Leib endgültig zu ersäufen.

Doch sein Bauch wurde immer gewaltiger, und wenn er mit dem Fingerknöchel darauf herumklopfte, klang das bereits wie die Bitte eines Negerstammes von der Goldküste um deutsche Entwicklungshilfe. Beim Nachhauseweg schließlich hatte der Dreiquartel-Friedhof des Spaziergängers etwa den Umfang des unglückseligen »ZR III« angenommen, und die angestauten Gase hoben ihn mühelos in den Zehenstand, so daß er wie der weltberühmte Tänzer Nurejev den ganzen Heimweg auf Spitze zurücklegte, ohne jedoch irgendeinen Beifall dafür zu erhalten.

Daheim läutete er den guten hilfsbereiten Hakim mitten aus seinem »Adgo«-Schlummer; er und Blasius sahen sich an wie die Hauptdarsteller in dem schönen Film »Artisten in der Zirkuskuppel«: ratlos. Also machte sich der Spaziergänger kurz entschlossen auf den Weg in den großen Blinddarmkaufhof von Pasing, der Blasius zwar nicht wegen seines heißen Drahtes zu den himmlischen Heerscharen empfohlen worden war, sondern mehr wegen seiner ausgezeichneten Nähstube und dem ebenso berühmten wie schönen Chefarzt, den der Spaziergänger allerdings nicht unbedingt heiraten wollte.

Dort angelangt, klopfte man sofort auf seinem hochschwangeren Weißwurstranzen herum, der aber keineswegs »herein« rief, sondern jetzt schon so prall war, daß es wahrscheinlich sogar dem Hans-Jochen Vogel beim Anzapfen den Bierschlegel aus der Hand geprellt hätte. Dann entschied einer der Weißkittel, kühl und gelassen bis ins Herz hinab: »Da machen wir einfach auf.« So, als ob es sich bloß um das Hosentürl vom Blasius gehandelt hätte. Während der andere etwas von einem Darmverschluß in den nicht vorhandenen Bart murmelte.

Da mußte der Spaziergänger unwillkürlich denken, wie doch der liebe Gott seine Überraschungen komisch verteilt. Denn eigentlich hätte er ja Blasius weit eher eine Maul- und Klauenseuche schicken müssen. So wie für den Gerstenmaier beispielsweise im Notfall eine Krankheit am Säckel passend gewesen wäre oder für den hochverehrten Herrn Bundespräsidenten Lübke eine totale Heiserkeit. Doch die Wege des Herrn sind

halt wunderbar. Er schickt ja auch seltsamerweise einem Menschen, der sein Leben lang Hosenträger getragen hat, einfach eine Gürtelrose.
Inzwischen hatten etwa ein halbes Dutzend Bratwurstnasige neugierig in das weißbezogene Katapult des Spaziergängers geschaut, mit dem man ihn sogleich ins »Sankt-Nimmerleins-Land« schießen wollte. Und Blasius mußte sich denken, was die Deutschen doch für ein eigenartiges Volks sind; denn für jeden Anlaß haben sie eine entsprechende Kleidung entworfen: fürs Standesamt, für die erste heilige Kommunion, für das Gefängnis und natürlich auch für das Krankenhaus. Dort laufen sie nämlich alle mit dem gleichen gestreiften Aspirin-Smoking herum und schauen darin aus wie Zebras, die man nach jahrzehntelanger Dressur das Aufrechtgehen gelehrt hat.
Doch dann war es auch schon soweit, und der Spaziergänger stand urplötzlich auf der Brücke zum Jenseits und hatte genaugenommen von all dem nur die Hälfte von gar nichts gespürt, als ihm die zwei Spezialisten sachlich und meisterhaft wie zwei Geldschrankknacker seine Bratwurstbonanza aufsäbelten. Allerdings, als er dann erwachte, kam er sich ein bißchen wie der Astronaut Borman vor. Denn genau sieben Drainagen, Sonden und Schläuche wuchsen aus seinem mageren Innenleben heraus, von dem der Chefschnitzler behauptete, es hätte beim Aufmachen vor lauter Dürrsein schon herausgestaubt.
Nun, nach drei Tagen, als der Spaziergänger gerade mit einer kühlen Blonden liebäugelte, kam plötzlich eine

neue böse Meldung aus Darmstadt. Denn da wurde der Hendlfriedhof vom Blasius noch einmal so dick und hart, daß man ruhig ein paar Eierhandgranaten auf ihm hätte aufschlagen können. Und da hieß es dann: »Das Ganze noch einmal von vorne!« Und bei diesem zweiten Ausflug ins große Vergißmeinnicht war der Spaziergänger dem Gangerl so nahe, daß er sogar die Knöpfe an seinem Ewigkeitskittel hätte zählen können, die es allerdings gar nicht gab.

Nach drei Stunden war der Spaziergänger wieder zurück von der Reise, von der er nur noch weiß, daß es da drüben so dunkel ist, wie wenn sich ein Blinder nachts um zwölf Uhr im Forstenrieder Park die Hand vor die Augen hält. Und an den folgenden schlimmen Tagen war es fast immer bitter bis finster gemischt, und da entdeckte Blasius immer wieder, wie winzig doch so ein Menschlein ist. So klein nämlich, daß es eigentlich eine Staffelei bräuchte zum Erdbeerpflücken. Oder noch kleiner, so daß es mitsamt seinem Gamsbart in das rote Brillenfutteral einer Waldameise passen würde.

Und noch eins entdeckte Blasius: daß er nämlich ein paar gute Freunde hat.

Ah, Äh und Ihh

Blasius hatte schon seit längerer Zeit ein Gebresten in seiner Weißwurst-Düse. Auf norddeutsch also im sogenannten Hals. Deshalb ging der Spaziergänger jüngst zum Medizinmann, der ihm mit einer schwer verchromten Spekuliermaschine in die Verleumder-Röhre lurte. »Ah«, mußte Blasius dazu machen, »Ah«, »Äh« und »Ihh«, bis sein Kehlkopf endlich in den vorgehaltenen Spiegel grinste und sehr erstaunt war, denn er sah sich ja schließlich zum erstenmal selber. Dann schüttelte »El Hakim« das gelehrte Haupt und sagte: »Ja, mein Lieber, Sie haben ja ein Hühnerauge am Stimmband.«
Nun, daß jemand Gold in der Kehle haben kann, hat Blasius schon des öfteren vernommen. Aber ein Hühnerauge im Schnorchel ist doch fast so unplaciert wie Kuh-Schmalz auf dem Dach. Freilich könnte der Spaziergänger schon verstehen, wenn ihm gewisse Leute unter Verspruch einiger Wachskerzen so einen Wehdam gewünscht hätten, damit sein Schandmaul einmal Ferien macht; aber daß diese Leute so gute Beziehungen zur jenseitigen Exekutive haben, hätte Blasius doch nicht geglaubt.
Doch der leinenweiße Chloroform-Scheich beruhigte den Spaziergänger rasch und erklärte mit kursiver Nachlässigkeit: »Das winzige Fistelchen pflücken wir

einfach ab.« Wenn so ein Pinzetten-Kommodore von Abheben, Loslösen, Schälen oder Pflücken spricht, so meint er damit nichts anderes als eine ganz gewöhnliche Haus- oder Raten-Schlachtung. Trotzdem schritt Blasius am vorbestimmten Tage, und nachdem er seinen Einfüll-Stutzen mit Scharlachberg Meisterbrand gewaschen hatte, zur Folterkajüte ins Josephinum. Zwei rüstige Mädchen nahmen den Spaziergänger in ihre lysole Mitte und geleiteten ihn zum Sitz-Schafott, denn Blasius sollte in aufrechter Haltung zerstückelt werden.
Neben dem Spaziergänger stand ein Tischchen, das mit vernickelten Sperrhaken, verbogenen Häkelnadeln, blitzenden Billettknipsern und funkelnden Ersatzteilen für die Innereien eines Marsmenschen reich gedeckt war. Der lächelnde Professor sprach noch ein paar preisgünstige Worte über die Vergänglichkeit aller Dinge, und dann spritzte er Blasius eine Flüssigkeit ins Zerwirkgewölbe, die nach kaltem Hund und abgelehnter Gehaltsaufbesserung schmeckte.
Da wurde der Spaziergänger innerlich pelzig und gefühllos. Dann führte der Hals-Experte das erste Instrument in Blasius' Rüsselsheim ein. Es war eine lange eiserne Virginia, welche er den Stimmbändern anbot, die jedoch von diesen murrend und prustend zurückgewiesen wurde. Darauf nahm der geprüfte Kehlkopf-Installateur eine verlängerte Brennschere, leicht gekrümmt und vorne mit einem kleinen Zwicker, wie sie Gärtner für besonders wertvolle Äpfel verwenden. Diesen Ladestock versenkte er ziemlich gelassen und restlos im Spaziergänger, der sich damit vorkam wie ein

Wiesn-Brathering in Reserve. Dann machte der Stimmband-Hühneraugen-Operateur knips-knaps, sagte »brav, brav, brav« und legte das Zwackerli vor Blasius auf eine Glasplatte. Es mochte etwa zwei Karat groß gewesen sein, das Polypichen, das aus der Sängerhalle des Spaziergängers evakuiert worden war. Nur so wertvoll wie ein Brillant war es natürlich nicht. Das wird es vermutlich erst werden, wenn der Doktor den Bleistift spitzt.

Blasius aber muß nun einige Zeit den Schnabel halten, bis er wieder mit voller Lautstärke lästern kann. Allen denen, die dem Spaziergänger gute Besserung wünschten, dankt Blasius mit einem herzlich-heiseren »Mersse«. Für die anderen aber, die das Gegenteil meinen, darf er wohl Weiß Ferdls berühmten Ausspruch zitieren:

D' Leit ham a rechte Freid,
weil's bei mir so weit feit!
Aber d' Leit wissn an Dreeg.
So weit feit's bei mir ned.

Der Ischias

Gefährlich ist's, den Leu zu wecken,
verderblich ist des Menschen Wahn,
jedoch der schrecklichste der Schrecken –
das ist der eigene hohle Zahn.

So dichtete einst der Auer-Vorstadt-Nietzsche Karl Valentin. Und auch der blitzgescheite Gedankensplitter »die Wunde brennt – der Schmerz tut weh« stammt von diesem riesigen Nachdenker. Könnte diese zweite absolute Erkenntnis immerhin beispielsweise noch von einem schlitzohrigen Volksvertreter abgestritten und verdreht werden, so möchte Blasius die Zahnweh-Ballade dagegen ganz brutal mit einem anderen selbstgestrickten Zweizeiler widerlegen, und der lautet:

Zahnweh ist ein Riesenspaß –
verglichen mit dem Bruder Ischias.

Denn wenn der Teufel persönlich auf dem gleichnamigen Nerv eines Menschen einmal Balalaika spielt und der Befallene dann mit wundgejammerten Stimmbändern dazu nur noch den Choral anstimmen kann: »Hast du dort droben vergessen auf mich«. Dann kann er getrost auch davon ausgehen, daß er bei diesem Jam-

mer-Choral bestimmt alle hämischen Engel im Himmel wirklich mitsingen hört.
Zwischendurch hat der Heimgesuchte aber wohl auch noch das Gefühl, als würde sein Sargdeckel soeben von grinsenden Totengräbern mit fünfzölligen Nägeln festgehämmert. Deshalb wäre gewiß sein allerletzter Wunsch: »Laßt den hölzernen Ewigkeitskoffer dann lieber offen.« Und bei dem ebenso gnaden- wie pausenlosen Mißbrauch seines hüfthohen Rückgebäudes kommt er in den winzigen Verschnaufpausen nur mehr ächzend dazu, an die berühmten abgeänderten Verszeilen von Erich Kästner zu denken:

Gott schlägt mich schwer in seinem Zorn –
am meisten schlägt er mich von hinten.

Jedenfalls aber fragt sich der Spaziergänger bei allem Schuldgefühl, womit er das bloß verdient hat. Nun ja, er gibt schon zu, daß er beispielsweise jene zauberhafte Insel Ischia, die der Herr in seiner Großmut eigens für die Ausheilung heidnischer römischer Kaiser und andere Toga-Biesler geschaffen hat, nach einem persönlichen Besuch recht hämisch kritisierte. Indem er nämlich schrieb: »Die geldgierigen Itaker sollten ihren köstlichen Sand doch lieber in Eieruhren abfüllen lassen, statt ihn den Leidenden in die verschwollenen Augen zu streuen.« Jedenfalls aber wird er nunmehr selber seit sechs Monaten von dem teuflischen Gebiß des Höllenfürsten immer an ein und derselben Stelle benagt. Obwohl Blasius seinem gräßlichen Untermieter auch schon mehrmals ein verlockendes Ausweichquartier angeboten hat. Er dachte vielleicht »Brustspitz Sonnenseite« wäre doch auch nicht fad. Aber man antwortet einfach nicht.

Nun, seit einem halben Jahr wird er also auch in dieser Sache von den »Brüdern im Schmerz« mit prasselnden Ratschlägen verfolgt. Zuerst empfahl man ihm siedendheiße Bäder, dann wieder gletscherkalte. Auch raffinierte Yogi-Verschlingungen sollten den Satanus vertreiben helfen. Und für die Medikamente, die die bisher belästigten vierzehn Ärzte verschrieben, wurde wohl bereits der halbe Odenwald abgeholzt. Ebenso abenteuerlich wie nutzlos erwiesen sich auch ausgesprochene Geheimrezepte. Ein lieber zweiundneunzigjähriger Leser empfahl ihm dabei, er solle sich sieben lebendige Meerschweinchen kaufen, dieselben abwechselnd in kleine Säcke einnähen, um sie dann wie einen Brotbeutel an der Hüfte zu tragen. Diesem Menschenfreund gab Blasius als Ausgleich für seinen guten Rat die Telefonnummer seines Nervenarztes.

Münchens Hotel-Zarewitsch Falk dagegen flüsterte ihm die Adresse eines Massage-Magiers in der amtlichen Münchner Knochen-Reparatur-Werkstätte zu. Dort wurde der Spaziergänger aufgehangen, gestreckt und gewuzelt und geknetet. Dann verabreichte ihm der Kerkermeister eine Spezialkur und schloß ihn irgendwie an ein hochfrequentiertes Stromnetz an. Doch nach dem bald auftretenden Geruch glaubte der Patient schließlich, er würde im Balkan-Grill behandelt, so stark begann es nach Bratwürsten zu riechen. Aber der wackere Glieder-Gladiator hat ihm nachher bloß versehentlich ein fünfmarkstückgroßes Loch in den Allerwertesten gebrannt. Vielleicht hatte er gedacht, der böse Leuteschinder würde da nun herausschlüpfen können.

Zeitweilig überlegte der Geschundene später, er sollte womöglich aus sich selbst auswandern. Ohne Hinterlassung einer Adresse, der Postleitzahl und seines Letzten Willens. Aber der rasende Quälgeist biß immer wieder zu, so daß er sich überhaupt nicht aus seinen Zähnen befreien konnte.

Auch mit dem Besuch eines Hochamtes probierte es Blasius schließlich. Aber dabei hatte er nicht mit einkalkuliert, daß die Frommen und Gläubigen mit dem Kirchenbesuch doch immer eine gewisse gottesfürchtige Gymnastik verbanden. »Aufstehen, niedersitzen, aufstehen, niederknien.« Und weil er das und die harten Blicke älterer Weiber nicht durchstand, ließ er verständlicherweise wieder von den angeflehten Heiligen ab.

Den einzigen Trost stiftete ihm schließlich die freundliche Marktfrau Rosa vom Sutor-Stand beim Alten Peter: »Do huift bloß oans«, meinte sie resolut, »des müassn S' einfach aushoitn. Und merken S' Eahna ois Trost dazua de oide Binsenweisheit, de mei Großmama scho kennt hod, nämlich: Ein Ischias kummt zu Pferd – und geht wieda zu Fuaß weg.«

Reißen im Kreuz

Früher hieß das wohl: Der hat das »Reißen«. Oder man starb an der »Schwindsucht«, an einem »Gwachs« und am »Schlag«. Heute weiß jeder Laie längst, daß das Herzinfarkt, Tbc, Bandscheibe oder Krebs heißt. »Ghupft wia gschprunga«, wird der Einheimische zu diesem Thema sagen. Denn der Tod wird ja jedenfalls aufs Sterben angerechnet.
Nun, Blasius will zwar nicht unbedingt hundert Jahre alt werden. Nein, achtundneunzig reichen ihm auch schon. Auch ist der Spaziergänger noch lange nicht pflastermüde, so daß er keinen gesteigerten Wert darauf legt, wenn man ihm jetzt schon die Eisen von den Hufen reißen würde. Und drum hat er auch immer wieder versucht, etwas Besonderes für seine Anatomie zu tun, und machte zuletzt fleißig Yogaübungen. In der Hauptsache aber einen täglichen Drei-Minuten-Kopfstand. Und das hätte Blasius leider nicht tun sollen. Zu spät fiel ihm nämlich ein, daß der große Töpfer, der den Zweibeiner einst aus bayerischem Baaz formte, sicher gewußt hatte, was er wollte. Wenn er nämlich für das Stehen auf dem Kopf gewesen wäre, so hätte er dem Menschen statt der Haare wahrscheinlich Zehen auf dem Haupte wachsen lassen.
An einem ungeraden Kalendertag war's, da spielte

der Spaziergänger wieder einmal verkehrte Welt und rutschte mit seinem Wasserscheitel auf dem Parkettboden herum. Schwups, rannte ihm der Beelzebub persönlich einen weißglühenden Schürhakel direkt mitten ins Kreuz. Blasius fiel sofort um wie ein gelernter FDPler und erwachte erst wieder in der Ansaugedüse des Staubsaugers von seiner Zugehfrau. Diese stützte ihn mühsam ab, als wäre er eine VEBA-Aktie, und unter dem Absingen denkbar häßlicher Lieder ging's zum Onkel Doktor.

Während des Transports ergab es sich jedoch, daß der Spaziergänger seine mühsam wiedererlangte Senkrechte nur erhalten konnte, wenn er die rechte Hand hoch über dem Kopf hielt, als wollte er den Offenbarungseid leisten. Und dies wurde dann auch tatsächlich der längste Schwur seines Lebens, denn er dauerte genau zehn Wochen lang.

»Mhm«, meinte der erste Medizinmann, »das werden wir gleich haben«, legte ihn auf ein raffiniert konstruiertes Folterbett und sagte: »Horuck.« Da hörte Blasius zum erstenmal die gesamtdeutschen Engel singen. Natürlich sangen sie die Wacht am Rhein. »Mhm«, sagten auch der zweite, der dritte und der vierte Doktor. Und sie rissen hin und rissen her. Sagten dann noch »So« und wischten sich den Schweiß von den Händen, damit sie beim Rechnungen-Schreiben nicht ausrutschten. Lediglich der letzte Weißkittel, der weitaus korrekteste, gab Blasius einen wirklich guten und todsicheren Rat, wie er seinen Schmerzen Herr werden könnte. Er sagte nur ein einziges schlichtes Wort: »Aushalten.«

Ein guter Bekannter empfahl dann dem Spaziergänger als Bandscheibengeschädigter, nachts auf der ausgehängten Wohnzimmertür zu schlafen. Blasius tat es auch zwei Monate lang. Aber vielleicht hätte er sich auf eine braungebeizte legen sollen und nicht auf eine weißlackierte. Jedenfalls half dieses Hausmittel genausoviel wie eine gebührenpflichtige Verwarnung gegen einen Bauchschuß. Längst hätte sich der Spaziergänger vergiftet. Aber wie sollte er bloß an sein Apotheker-Kastl herankommen? Und alles auf der Welt hätte er versprochen, wenn ihm nur jemand geholfen hätte. Sogar den Adenauer würde er wiedergewählt haben. Und dem Mephisto persönlich hätte er seine Seele mitsamt der daranhängenden Milz und der Bauchspeicheldrüse verschrieben und außerdem auch noch ewige Keuschheit gelobt. Denn wenn der Mensch so vernichtet darniederliegt, fällt ihm zwar unter Umständen der Buchstabe »V«, wie »Vergnügen«, auch noch ein, aber nur, wenn er vor den Wörtern »Veramon«, »Vanodorm« oder »Veronal« steht.
Blasius kann diese Sorte Schmerz einfach nicht beschreiben. Denn auf welche Schreibmaschinentaste er auch tippen möchte, es würde immer ein »Au« daraus. Doch vielleicht so: Eines der gräßlichsten Gefühle ist es für den Spaziergänger schon immer gewesen, wenn er das Kreischen eines blanken Messers auf einem nackten Porzellanteller vernimmt. Aber selbst das wäre ihm vergleichsweise in seinem Zustand vorgekommen wie ein Violinsolo von Menuhin. Und selbst der wütendste Zahnschmerz ist gegen ein solches Feuer im Kreuz

noch so herrlich wie ein Zungenbusserl von der Claudia Cardinale.

Erst nach sechsundzwanzig Wochen hatte der Spaziergänger allmählich wieder so viel Nervenkraft, daß er sein Gulasch wenigstens notdürftig mit dem Strohhalm essen konnte. Aber nicht einmal seinen ärgsten Feinden würde er als Journalist und Schriftsteller so ein Bandscheibeninferno wünschen. Selbst nicht einem Verleger.

Sommer

Der Sigi-Sommer

Viel Sonne, Tennis und Bert Brecht

L. P.: Früher hat er drei- bis viermal in der Woche Tennis gespielt. Am Samstag kamen seine ganz alten Tennispartner zusammen, die nannte er dann die Gruftis und die Grabsteinliga. Einige sagten, er spiele nicht Tennis, sondern Rollhockey. Weil er die Bälle so hochgeschaufelt hat, daß sie kurz hinterm Netz wieder runterplumpsten – und die konnte keiner mehr erreichen. So hat der Sigi manchen besiegt, der eigentlich besser war als er. Er hat eben immer einen Ball öfter übers Netz gebracht.
Er war überhaupt ein großer Sportler: Daß er als junger Mann geboxt und später viel über Boxen geschrieben hat, ist auch schon vergessen. Ich kenn' auch Bilder von ihm im Fußballer-Dreß. Aber später sah er Fußball nur noch im Fernsehen.
An jedem schönen Sommertag hat er im Swimmingpool vom Bayerischen Hof gebadet und dann stundenlang in der Sonne gebrutzelt, bis ihm der Schweiß runtergelaufen ist. Aber selbst da oder nach dem Sport in der Hochsommer-Hitze hat er nichts getrunken. Braungebrannt und ausgedörrt sah er aus wie ein alter Indianer, aber seinen Durst hob er sich bis zum Abend auf.

Gern fuhr er zum Wochenende auch nach Utting am Ammersee, wo er ein Haus mit einem großen Garten besaß.

Das waren seine Sommerfreuden. Aber dabei hat er nie aufgehört zu fabulieren, zu phantasieren, im Geiste schon den nächsten Artikel zu konzipieren. Übersprudelnd waren seine Einfälle, seine Gedanken, ganz abschalten konnte er nie. Auch wenn er sich manchmal zum Arbeiten zwingen mußte.

Er brauchte keine Bücher als Anregung, er horchte nur in sich hinein. Gelesen hat er zum Schluß nicht viel. Der größte Dichter war für ihn Bert Brecht, sein Vorbild. Der Sigi hat Brecht ein paarmal getroffen, er war mit ihm im Hofbräuhaus. Von Brecht konnte der Sigi sogar noch im Alter, als das Gedächtnis versagte, viel auswendig zitieren. Brecht – der lag ihm.

Er hatte auch zu Hause ein Bild von Bert Brechts Totenmaske hängen: Und der Tote lächelt. Der Sigi hat oft darüber nachgedacht. Von einem Professor ließ er sich sagen, daß man das Gesicht eines Toten nicht nachträglich verändern könne. Also sah oder hörte Bert Brecht beim Sterben vielleicht etwas Schönes. Eine gespenstische Fröhlichkeit.

Die weiße Wollust

Wer die Kugeln hat erfunden? Vielleicht waren es die Russen, vielleicht der Gunter Sachs oder möglicherweise auch die Beamten, die doch eine besonders ruhige Kugel schieben sollen. Im Zweifelsfalle aber wohl der liebe Gott, der auch die runden Regentropfen konstruierte. Er hätte sie gewiß genausogut auch viereckig machen können. Eines aber steht fest: Diese seltsamen Gebilde mit der unendlichen Oberfläche machten den Menschen schon immer eine Menge Freude. Sieht man natürlich von jener unguten Ausgabe ab, die aus Blei gegossen wurde und eigentlich nur mehr vom »Freischütz« her bekannt ist.
Höchstes Glück der Erde ist beispielsweise für die kleinen und großen Kinder der Ball. Ob es nun der rote Gummiball ist, den die kleinen Mädchen mit geheimnisvollen Zaubersprüchen an die Wände der Treppenhäuser und sonnenwarme Bretterzäune schutzen, oder gar der König Fußball. Jenes Stückchen runde Luft, das mit einer ledernen Haut überzogen wurde und das ganze Völker, Länder und Kontinente als herrlichste Nebensache der Welt betrachten. Auch der Schusser oder die Murmel gehört zu den kleinen Glückseligkeiten der romantischen Welt hinter den sieben Bergen.
Ein Globus kann andererseits einem Gelehrten das-

selbe Vergnügen bereiten wie ein roter runder Edamer Käse einem Brotzeitmacher. Und die roten und blauen Glaskugeln, die in verwunschenen Rosengärten auf langen Stecken stecken, geben einer schönen Gärtnersfrau wohl ein ähnliches Gefühl der Genugtuung und Vertrautheit, wie etwa die abgewetzten Perlen eines Rosenkranzes dem alten Mütterlein Trost und Zuflucht spenden.

Daß viele »Guatl«, vor allem die leider etwas aus der Mode gekommenen mauldienlichen Minzenkugeln, ebensoviel Gaumenfreude bereiten können wie die zartbitteren Mozartkugeln, weiß jeder Genießer zu schätzen. Und daß besonders die reiferen Jahrgänge ihre roten Nasen und das Glück im Glas kleinen Kugeln, auch Weintrauben genannt, verdanken, ist ziemlich bekannt. Ferner gibt es, besonders für schlimme Buben, noch eine Menge runder Freuden, die ihnen viel Spaß machen. Genaugenommen sind sie allerdings nur halbrund.

Zu jenen uneckigen Dingern aber, die zum Zwecke eines Lustgewinns gestoßen, geschlagen, getreten, geschoben oder gerollt werden, gehören in immer größerem Maße auch die weißen Luftblasen mit Haaren, die Tennisbälle. Denn im gesamten gemäßigten Abendland hat sich diese sanfte Seuche immer mehr verbreitet, und das weiße Laster ist längst nicht mehr ein Privileg der reichen Pfeffersäcke und drüsenkranken Manager, sondern in einem hohen Prozentsatz auch das Spielzeug der schwer geknechteten Arbeitnehmer geworden.

Das Tennisspiel wurde angeblich von den Medizinmännern der alten Azteken ausgedacht. Damals, so berichten die Historiker, war allerdings statt des Netzes noch eine feste Holzwand zwischen den Gegnern aufgebaut. Und in diesem hölzernen Zaun befand sich in der Mitte ein tellergroßes Loch, durch das der Ball mit einem Schläger befördert werden mußte. Traf einer der Rivalen nicht durch diese Öffnung, so hatte er verloren und wurde hausgeschlachtet.

Das vornehme Schmetterballstadion liegt meistens draußen in den Villenvierteln und den Bungalow-Siedlungen der City. Edeltannen und Edelfräulein umstehen die rote Arena. Und auf den Terrassen des Klubhauses sitzen blonde junge Aktienbündel, behütet von ihren kamelhaarhäutigen Mamis. Ein Brünnlein näßt erstklaßlerhaft in der Nähe. Und in dem Bassin darunter tummeln sich zwei bleiche Platinfischlein. Wie gesagt, es ist sehr vornehm in dieser Gegend. Und sogar die grüne Isar macht einen schüchternen Knicks, wenn sie den Tennisplatz passiert, und murmelt leise: »Bitte vorbeifließen zu dürfen.«

Und auf dem ziegelroten Brachfeldboden sind die berühmten Löffler am Werk, die mit ihrem hölzernen Teeseiher lediglich ein paar Handvoll Sand über die Netze schaufeln und dazu dem Gegner zu verstehen geben, daß da auch der Ball irgendwo dabei sein muß. Andere wieder jagen sich gegenseitig die haarigen Dunlop-Rettiche mit solcher Verbissenheit um die Ohren, als würden sie sich scharfe Handgranaten zuwerfen.

Für völlig unbegabte Töchterlein ist es keine große

Kunst, jährlich ein paar tausend Mark auf der roten Ziegelmehl-Sierra vom Konto ihres Herrn Papa zu verbröseln. Doch wenn man sie von der weißen Wollust reden hört, sprechen sie nur von »Lob«, »Cross«, »Stoppball«, einem gelungenen »Longline« oder einer »angeschnittenen Vorhand«. Und für einen gekonnten Aufschlag allein müssen diese sportlichen Unzähne wenigstens fünftausend Rubelchen einkalkulieren. Denn die meisten von ihnen beherrschen auch nach vielen Übungsjahren überhaupt nur eine einzige Sorte von Aufschlag. Und das ist der Augenaufschlag gegenüber ihrem Tennislehrer.

Drei Maß im Schatten

Der alte Münchner »Noagal-Schlecker« orientiert sich in diesen brutzelnden Grilltagen überhaupt nicht mehr nach dem großen Thermometer am Deutschen Museums-Turm. Sondern nach einer viel zuverlässigeren Einheit. Denn bei ihm hat es da ganz schlicht »drei Maß im Schatten«. Und sein Bierspezl murmelt dazu vielleicht auch noch das längst vergessene Verserl aus jener Barfußläufer-Zeit, wo man als Gassenbub seinen Durst ganz schlicht an der »Langgroagadn« stillen mußte. Am Heimgarten-Wasserhahn oder an den spärlichen nässelnden Brunnen auf den städtischen Spielwiesen. Und dieses Erinnerungs-Poem hieß bekanntlich: »I hob so Durscht, daß i vor lauter Hunger net woaß, wo i heit auf d' Nacht schlafa soid, so friert's mi in d' Fiaß.« Und überall in der überhitzten City beobachtet Blasius deshalb die Auswirkungen der gnadenlos strahlenden »Österreicher Marie«. Wie manche Sportsfreunde das bekannte Zentralgestirn auch gerne heißen.

Schmunzelnd registriert der Spaziergänger zum Beispiel die zwei Buben, die vor einem Optikergeschäft stehen. Langsam buchstabiert der eine die Überschrift über der rechten Quecksilbersäule, und plötzlich scheint ihm ein Seifensieder aufgegangen zu sein. »Fahrenheit« hat er nämlich herausgebracht, und drum sagt

er jetzt zu seinem Spezl: »Jetz woaß i, warum mei Babba gsagt hat, wir ›fahren heit‹ auf d' Kugleroim, wenn's so schee bleibt.«
Die Blutegel hinter der Scheibe der kleinen Zoo-Apotheke kleben an den Wänden ihres Aquariums wie Kaugummireste an der Theke einer Snack-Bar. Sie träumen wohl lechzend von einem schlagflüssigen Immobilienhändler. Und die paar ermatteten Fischlein im lauwarmen Wasser schwimmen nur so viel, daß sie gerade nicht ertrinken. Ein streunender grauer Hund hoppelt vorüber wie ein uralter VW, der nur noch auf drei Zylindern läuft. Die Zunge hängt ihm lange aus dem Maul wie ein Lesezeichen. Und als er am nächsten Hauseck das Bein hebt, kommt nur noch ein bißchen Staub heraus.
In dem kleinen Delikatessenladen in der Seitenstraße liegt ein Limburger Käse in der Auslage. Und er überlegt wohl gerade, ob er sich Startlöcher graben soll. Denn bei dieser Hitze würde er doch die hundert Meter glatt in zehn Komma sechs laufen. Wenn er nicht eine Attrappe wäre und innen aus Holz. Beim Anblick der Eier, die in einem Binsenkörbchen daneben liegen, fällt dem Spaziergänger der uralte Gassenhauer ein:

In Surabaya, in Surabaya,
kocht man die Eia
im heißen Sand ...

Dann steht Blasius längere Zeit vor jenem Plakat, das einen Wanderer in der Wüste zeigt, der als Fata Morgana ein volles Glas Bier sieht, das so stark beschlagen

ist, daß außen ein Wassertropfen herunterläuft. Beinahe hätte ihn der Spaziergänger abgeschleckt.
In einer Wachszieherei liegt ein völlig zerstörtes Gebetsstöcklein in der Sonne. Es schaut aus wie eine abgeschlaffte, rote Ringelnatter nach der ehelichen Pflicht. Und selbst die dicksten Kerzen im Hintergrund sind heute weich geworden. Und neigen ihren Docht andächtig vor der wächsernen Madonna, der auch zwei winzige Stearintropfen auf der hoheitsvollen Stirn stehen.
In der italienischen Gelateria kriegt ein kleines Mädchen schon die vierte Portion Eis von der guten Oma spendiert. Auf einmal aber fängt das Schneewittchen zu husten an, und die edle Gönnerin klopft ihr besorgt den zarten Rücken. Wie kann sie denn auch wissen, daß dem lieben Enkelkind längst die Zunge steifgefroren war. Und gerade als es danke schön sagen wollte, brach dann das Spitzerl ab. Und an diesem hat sich die Kleine halt dann verschluckt.
Sogar die Stadt trägt heute offene Sandalen. Die alte Kuh. Das Buntmetall-Kindl auf dem Rathausturm hat ein Nasentröpferl aus flüssigem Messing gekriegt. Von Zeit zu Zeit fällt eines herunter auf den Marienplatz und liegt dann da wie ein frisch geprägtes Zehnerl. »Aber heid is's hoaß«, beteuert die ganze bayerische Hauptstadt. Nur bis zum Münchner Glockenspiel hat sich das anscheinend noch nicht herumgesprochen. Denn unverdrossen und hartnäckig dudelt dieses Melodienquetschwerk in den saharagleißenden Mittag hinein: »Aber heid is's koid – aber heid is's koid ...«

Flaucher-Freuden

Die Eingeweihten unterscheiden streng den Großen und den Kleinen Flaucher.
Sie meinen damit die zwei sanftgrünen Wiesen droben am Gestade der leise vor sich hin brabbelnden Isar. Zwischen der sachlich kalten Brudermühlbrücke und dem hölzernen Steg, der bei den Alten immer noch die »Schinderbrücke« heißt. Weil doch in seiner Nähe noch jenes Holzhaus steht, in dem einst der städtische »Wasenmeister« der toten Kreatur das Fell über die erkalteten Ohren zog. Die Flaucher-Wiesen haben ihren Namen von dem hundertjährigen Jagdhaus, das an der Stelle stand, an der heute eine etwas altmodische Wirtin noch köstliche Fleischpflanzl macht oder bayerische Schmalznudeln nach uralter Sitte über dem Knie »auszieht«, wie die schmunzelnden Stammgäste wispernd berichten.
Auf den zahmen Prärien jedoch, unter dem grünen Kastanienhimmel des »Pfahlbau-Services«, wie die Brotzeit-Tische und -Bänke, die direkt in die saftige Erde gerammt sind, genannt werden, und in den angrenzenden Heimgärten ist es immer gut sein. Hier kommen zufriedene Austragler, Großmütter mit geruhsamem Wackelgang, zockelnde Kinderscharen und junge Pärchen her, die an den kleinen Fingern eingehakelt

sind und im Rhythmus eines sanften Liebeswahns mit den Armen eine unsichtbare Wiege schaukeln.
Gerade ist in der hinteren Tannenbaum-Ecke ein größeres Fußballspiel im Gange. Beim Stande von vierundzwanzig zu vierundzwanzig wird es dem verzogenen Karl-Heinz Kleberle jedoch endlich zu dumm, daß ihn der Aufseher-Micherl schon zum dreißigsten Male mühelos überspielt und wie eine Parkuhr einfach stehenläßt. Und er stellt die verlegen blickende Mannschaft vor die Alternative, den lästigen »Dribbelhengst« auszuschließen oder aber auf seinen Ball zu verzichten. Charaktervoll, wie Vorstadt-Buben manchmal sind, wird der Micherl in echtem Sportlergeist mit der schäbigen Begründung, daß er zu große Füße hätte, einstimmig des Feldes verwiesen. Aber er tröstet sich schnell mit einer leeren Konservenbüchse, mit der er gekonnt zwei Alleebäume, einen stillen Spaziergänger und drei verlorene Pferdeäpfel vom altmodischen Brauerei-Fuhrwerk auskurvt. In jeder Situation noch immer um Klassen besser als der lächerliche Kleberle.
Unter der rissigen Linde versucht sich ein Nachtschichtler schon seit einer halben Stunde an einem modernen Klappbett. Zuerst konstruiert er einmal eine Art Haus-Sauna daraus. Nachher wird aus dem stählernen Kreuzworträtsel ein Beichtstuhl, und zu seiner Verblüffung bringt der schwitzende Freizeit-Ingenieur sogar noch das Kunststück fertig, einen Zweier-Bob zu formen. Leider aber liegt halt nirgends mehr ein Schnee. Und weil er nicht gerne bis zum Winter warten will, legt sich der Erschöpfte resigniert auf den blanken

Boden. Dann sticht er mit der Vereinsnadel seines Naturfreunde-Abzeichens die zwei eingehandelten Blutblasen auf und beschließt endlich, das störrische Möbel gegen einen Hockey-Schläger und einen Eispickel im Sportgeschäft wieder umzutauschen. Allerdings wird er auf diesen Gegenständen auch nicht gerade weich liegen, sinniert er.

Indes hat ein kleiner, braver Bub sein Schwesterlein an den Brunnen mit dem dünnen Silberstrahl geführt und bröselt dem mäuschenstillen Elflein eine Schaufel dunkler Erde auf den Seitenscheitel. Mit zwei gut eingeschenkten Kübeln Wasser spült er nach. Er will nämlich einmal Friseur werden. Als seine Kundschaft ganz leise zu weinen beginnt, sagt er barsch: »Macht dlei Mark siebsich. Bitte, kommen S' bald wieda.«

Ein Heimgartler jenseits des Fußweges beschneidet die Gammler-Köpfe mit den grünen Vitamin-Haaren, die sich Schnittlauch nennen. Dann fällt er beim Aufstehen rückwärts in die Glasscheiben des Winterbeetes und radelt schleunigst zum Verbinden.

Aus dem angelehnten Fenster des kleinen Wirtschafts-Anbaues, in dem die bierschaumblonde Kellnerin Sophie wohnt, tönt ein Schlager aus Urgroßmütterchens Maienzeit herüber.

Such die Blum' der Männertreu –
kann sie nirgends finden,

trällert die Zehnprozent-Lorelei in den erstaunten Nachmittag hinein, während sie ihren Wigwam aufräumt. Es klingt manchmal recht verzweifelt, dieses

Lied, besonders in den oberen Preislagen. Aber auf einmal endet die Folklore ganz stillos in einem kleinen, freudigen Gekicher. Ist vielleicht der Gasableser zur Sophie gekommen? Oder der Limonaden-Heini? Oh nein. Nur ein winziges bißchen Glück. Sie hat nämlich in der abgelegten Schürzentasche zwar nicht die Blum' der Männertreu gefunden, dafür aber einen völlig vergessenen Fünfmarktaler. Und das ist ihr in ihrem Alter fast noch lieber.

Viecherl

Seine anderen Spezln

Fleischpflanzerl für die Katz

L. P.: Jeden Abend, wenn er nach Hause kam, leerte der Sigi seine Taschen aus. Und die Silbermünzen, die er da fand, Zweimarkstücke wie Fünfer, die stapelte er im Bücherregal auf: bis daraus ein Turm wurde. Zu Weihnachten brachte er mir das Geld in einem Säckchen mit der Aufschrift: »Miau«. Das alles war für die Katzen-Clochards bestimmt, die ich im Haus vom Pfarrer Betzwieser fütterte: wilde, freilaufende Katzen, an die sich nicht einmal der Hausmeister herantraute. Bei uns wurden sie ganz zahm. Auch am Tennisplatz haben wir acht Winter lang einen Kater gefüttert. Einmal hat der Sigi für ihn sogar Fleischpflanzerl gebraten, aus Kalbfleisch. Ein Tigerkater war's, der richtig Purzelbäume vor Freude schlug, wenn er uns sah. Mit Wonne hat er ihn gestreichelt. Wir nannten den Kater zuerst Murri, nach dem Märchen vom Kater Murr, aber weil er bei der kleinsten Berührung wie eine alte Singer-Nähmaschine geschnurrt hat, haben wir ihn dann Schnurri getauft.

Der Sigi sah so gerne zu, wenn ich in Nymphenburg mitten unter Schwänen saß, die vor mir keine Scheu, keine Angst hatten.

Vielleicht, weil sie sich erinnerten, daß ich mich im Winter um sie gekümmert habe, wenn der Kanal zugefroren war und sie mir vor Hunger nachliefen. Und die Enten! Einmal hat mir eine Enten-Mutter sogar ihren Nachwuchs vorgeführt ... Das war ein Bild, das ihn rührte.

Der Sigi mochte alle Viecherl, ganz besonders die Hunde. Er war fest überzeugt, daß sie seine Sprache verstanden. Auf der Straße hat er oft Hunde angeredet – nein, ein bißchen angeschimpft: »Du Wadlbeißer, du! Derf ma denn so ausschaung, mit der Farb?« Erst bellten die Hunde. Und dann fingen sie das Schwanzeln an, wenn sie merkten: Das ist ja nur Spaß. Mit den Hunden hat er gesprochen – und Menschen hat er manchmal angebellt, wenn er abends aus dem Biergarten nach Hause ging. Nur so aus Spaß. Ich kann mich erinnern, wie er sich freute, als einmal ein Passant zurückbellte ...

Richtig böse aber konnte der Sigi werden, wenn Tiere gequält wurden im Namen der Forschung und des Fortschritts. Oder wenn sie sterben mußten für die Mode.

Hier einige seiner schönsten Tiergeschichten und sein wütender Protest gegen »Bestien unter uns« ...

Und schaute nicht einmal mehr um

Die winzig kleine münsterländische Vorsteh-Hündin Diana war am 14. Juni des Jahres 1937 gerade unterwegs zum Sterben. Denn ein Müllerbursche aus Schöneberg sollte sie mit zwei anderen unschuldigen Pfotensaugern auf dem Gepäckträger seines Fahrrads in einem Sack zum Ertränken fahren. Dianas Mütterlein stand nämlich in Verdacht, mit einem Schnauzer fraternisiert zu haben, so daß der »Meister Mehlwurm«, nebenberuflich ein erfolgreicher Sonntagsjäger, befürchtete, die langhaarigen Kinder der Liebe könnten deshalb Bastardchen sein.
Da kam des Weges der junge Leutnant Mertens. Der hörte von der bevorstehenden Exekution und erwarb kurzerhand die japsenden Früchte des Zorns. Zwei der kleinen Maulaufreißer schenkte er tierliebenden Bauern. Und Diana, die er rasch und stehenden Fußes auf diesen Namen taufte, lieferte zu dieser Zeremonie in der Ellenbeuge ihres neuen Herrchens vor Freude sogar noch ein bißchen lauwarmes Taufwasser.
Schon wenig später war der kleine Rin-Tin-Tin zum Maskottchen der Ersten Brandenburgischen Grenadierkompanie geworden. Denn die kleine patschige Dame mit den unwiderstehlichen »Schenk-mir-was-Augen« durfte mit in die Unterkunft, auf die Nacht-

märsche und auch an die Gulaschkanone ran. Bis dies ein älterer, mürrischer Onkel Major einmal sah. Und der harmlosen, zotteligen Bellmaschine ein Kasernenverbot aufbrummte. Da aber schrieb der junge Leutnant sofort ein Versetzungsgesuch, und nach einiger Zeit kam der Befehl vom gestrengen »Raupenschlepper«: »Herr und Hund können bleiben.«

Die Zeit kam, da ging's hinein ins verdutzte Feindesland. Schau, schau – und wer wedelte dort der Kompanie voran? Nein, nicht die Reichskriegsfahne. Sondern das ehemalige Müllerkind war's. In Nancy eroberte Diana ganz allein einen herrenlosen Fleischerladen. Und mußte anschließend von Gevatter Veterinär behandelt werden. Und beim Siegesmarsch durch den Arc de Triomphe gelang es ihr trotz strengster Verwarnungen und Ermahnungen, dem Offiziersburschen Ferdinand zu entschlüpfen, und beinahe wäre sie auf der Suche nach ihrem degenschwingenden Paradeboß unter die zehntausend eisenbeschlagenen Hufe der deutschen Infanterie gekommen, welche die Champs-Elysées hinuntertrabte.

Weiter ging's auf der Straße der Versuchung. Diesmal hinüber ins kalte fröstelnde Russenland. Diana war beim Übergang über die Beresina dabei, bei Woronesch und Wiasma. Sie witterte die wattierten Leisetreter in ihren Filzstiefeln, die nachts auf die Erdhöhlen der unheimlichen bösen Fritzen zuschlichen, ebenso todsicher wie die Stunde der Wahrheit, wenn die Luft besonders eisenhaltig wurde, weil der Iwan mit seinen Stalinorgeln ein Höllenkonzert gab.

Wenn der Kompaniechef einmal verwundet wurde, und das wurde er nicht zu knapp, blieb Diana zwar beim Haufen. Aber zweimal in der Woche trottete sie mit Sicherheit ins Feldlazarett, um dem lädierten Kameraden ein wenig die Hände zu lecken.
Dann kam der Tag, an dem die Münsterländer Hündin selbst ihren Blutzoll entrichten mußte. Ein »Ratschbumm«-Geschoß riß ihr den Schwanz ab. Weil er aber nicht ganz voll getroffen war, amputierte sich die Lädierte selbst und besorgte den Rest mit ihren Zähnen. Beide Schlappohren waren außerdem nach drei Kriegsjahren mehrfach von Granatsplittern so durchlöchert, daß sie aussahen wie geknipste Bahnsteigkarten.
Schließlich erhielt der wackere Infanterie- und Meldehund im Einvernehmen mit der gesamten Kompanie sogar den Dienstgrad eines »Gefreiten h. c.«.
Als der große Jammer vorbei war, kamen Chef und Hund in ein amerikanisches Gefangenen-Camp. Und irgendein böser, magenkranker Sergeant hatte da etwas gegen das struppige Vieh, das er erschießen wollte. Da opferte aber das Herrchen rasch den großen zackigen Stern, den es auf der Brust trug und den man spaßeshalber das »Spiegelei« nannte. Nun ward der verdrossene Sieger wieder versöhnt und ließ ab von seinem sechsschüssigen Vorhaben.
Schließlich kamen für das alte Gespann die schlechten, die fleischlosen Jahre. Commander Mertens, der wieder zum schlichten Otto Mertens wurde, zog mit seiner Frau nach Wolfratshausen hinaus, aber tagsüber war er pausenlos in der großen Stadt unterwegs, um eine Art

Schutztruppe wieder aufzubauen, die man »Wach- und Schließgesellschaft« nannte. Wenn Diana dabei manchmal nicht gebraucht wurde, sagte er zu ihr: »Geh schön zu Fraule.« Dann trabte der Hund zum Isartalbahnhof, setzte sich auf die letzte Plattform des Bummelzügleins und fuhr so hinauf ins grüne Isartal und seinen mageren Reistöpfen.

Nach Jahr und Tag jedoch ward die Zeit gekommen, da Diana bei der Umrechnung von Hunde- und Menschenjahren gute achtzig Lenze zählte. Da sagten ihre Ernährer eines Abends: »Es wird eine traurige Zeit werden ohne den Schatten der Familie.« Und nach vielem Hin und Her kam man schließlich überein, noch eines, nämlich ein neues Hündchen, zu kaufen. Vielleicht auch als Adoptivkind für die alte Diana-Dame. Die in ihrem Hundeleben keine Zeit für Liebe hatte mit Ausnahme jener zu ihrem obersten Commodore. Und es fand sich in der Zeitung tatsächlich ein Inserat, in dem ein Wurf Münsterländer angeboten wurde. Die ganze Firma fuhr also gleich hin. Und Diana selbst durfte an den Babies herumschnuppern und sich das allerschönste aussuchen.

Nun war es bis dahin der Brauch gewesen, daß die alte Hündin im Auto immer an den Beinen ihres Frauchens lag, die rechts vom Fahrer saß. Als man aber diesmal heimwärts fuhr, sprang sie ganz selbstverständlich über den Vordersitz hinweg und überließ dem schutzbedürftigen Hundekind ihren bisherigen Fußschemel-Platz. Glücklich kam man daheim in der Karlstraße an.

Das zitternde, seidenhaarige Bündelchen wurde liebevoll ausgeladen und vom Fraule zärtlich an die Brust gedrückt. Und auch Diana stieg langsam und ein bißchen steif aus dem Wagenfond. »Komm, Alte, komm«, lockte das Herrchen, das irgendwie kein ganz gutes Gewissen hatte. Da wandte sich der Hund langsam ab, lief die lange Straße hinunter. Und schaute nicht einmal mehr um. Er ward nie mehr gesehen.

Hinterhaus-Menagerie

Nach der letzten offiziellen Tierzählung sind die Rindviecher in München entschieden weniger geworden. Denn vor zehn Jahren registrierte man im Stadtbereich noch über fünftausend Kühe und Ochsen. Während es Anfang dieses Jahres nur mehr knapp viertausend Paarhufer innerhalb der schwarz-gelben Grenzpfähle gab. Im gleichen Zeitraum wiederum haben sich die Rösser fast um das Doppelte vermehrt.
Ungeachtet dieser kleinen Schwankungen jedoch ist München nach wie vor die Stadt im ganzen Bundesgebiet, in welcher die weitaus meisten Haustiere gehalten werden. So bevölkern beispielsweise ein Testhaus, das zur Tierzählung ausgewählt wurde, neben vierzehn Haupt- und zweiundzwanzig Untermietern auch noch fünf Kanarienvögel, eine Dohle, ein Papagei, zwei Katzen, vierzehn Goldfische, acht Goldhamster, drei weiße Mäuse, ein Laubfrosch und ein Belgischer Riese. Diese ganze Menagerie ernährt sich ausnahmslos vom Konto Tierliebe, das bei den Münchnern kaum überzogen werden kann.
Da wohnt beispielsweise im fünften Stock neben der Speichertüre die Kontoristin Fanni Schmählich in einem Treppenzimmer mit eigenem Zähler. Sie hat seit Jahren einen Vogel namens Eduard. Er ist ein Kreuz-

schnabel und wurde nach einem Elektroinstallateur getauft, der bei der Fanni Verschiedenes einrichtete, dann aber plötzlich nimmer kam. Als der guten Haut endlich ein Licht aufgegangen war, kaufte sie sich den winzigen Salatadler und taufte ihn auf den Namen des Treulosen. Wenn Frauchen nun abends tastenmüde nach Hause kommt, darf sich der gefiederte Kostgänger auf ihren Kopf setzen.

Weil aber der Eduard in der Dauerwelle seiner Ernährerin meistens größere Verheerungen anrichtet, setzt die Fanni zuvor eine alte Motorradhaube auf. Mit dieser sieht sie fast ein wenig aus wie ein abgeschossener Sowjetjäger. Dennoch sitzt sie zufrieden am einsamen Tisch und trinkt ihren Kräutertee mit dem Strohhalm, weil sie den Kopf nicht rühren darf, sonst könnte der Edi gleich gar ausrutschen und herunterfallen.

Ein Stockwerk tiefer schnurren sich zwei sogenannte gemeine Hauskatzen durch ihr elfjähriges Leben. Sie gehören den Geschwistern Silberstreit, die sie seinerzeit dem verwilderten Franzl für fünf Mark abgekauft haben. Der Franzl hätte sie auch umsonst hergegeben, denn auf höheren Befehl waren sie dazu verurteilt, in einem alten Mehlsack und mit einem Pflasterstein beschwert bei der Föhringer Brücke den Seemannstod zu sterben. Nun erleben sie statt dessen herrliche Tage bei geschabter Kalbsleber und liegen nachts mitten in den weichen Pfühlen der tierliebenden Jungfern. Die Damen lagern indessen krummgeschlossen um Minz und Maunz herum.

Stundenlang kann der Rentner Sauermilch vor seinem

Aquarium mit dem grasgrünen Wetterpropheten sitzen und ihm mit einer leeren Zündholzschachtel das Quaken einer liebenden Froschdame vormachen. Balthasar, sein kleiner Neffe, hingegen, ist auf den Grünrock gar nicht gut zu sprechen. Denn wenn die andern Buben im Sommer zum Baden oder zum Fischerlfangen gehn, dann streift der kleine Balthes durch die Treppenhäuser der näheren Umgebung und fängt mit einem selbstgebastelten Netz die Fliegen von den Fenstern zum Hof. Die Beute, die er in einem Einmachglas nach Hause bringt, wird zwar vom Opa mit blanken Fuchzgerln aufgewogen, doch ersetzt dieser schnöde Mammon keineswegs den verlorenen Sonnennachmittag.

Die Dohle Jakob vom Postsekretär Herbst ist anerkanntermaßen ein Freßsack und ein Saufaus. Unter dem Elektroofen werden in einer alten Margarinekiste für den schwarzgefiederten Schlemmer eigens ein paar hundert bleiche, zarte Mehlwürmer gezüchtet. Wenn er damit seinen gröbsten Hunger gestillt hat, schreit der diebische Vogel so lange und mörderisch, bis ihm der Sekretär Herbst von seinem Abendbier auch ein kleines Senfglas voll Gerstensaft kredenzt. Das säuft er dann leer und schläft anschließend sofort in seinem großen Käfig bis zum andern Tag seinen Rausch aus.

Seit drei Jahren bemüht sich der wackere Postler, ihm das Wort »Jakob« beizubringen. Der Vogel aber schaut nur belustigt auf seine verzerrten Lippen, frißt einen Wurm und wartet aufs Abendbier. Da sagt der Tierfreund zu seiner lächelnden Frau: »Macht nix, Marie, er lernt's scho no. A Viech is hoit koa Mensch.«

Und die brave Hauserin nickt vielsagend und philosophisch zu diesem Ausspruch und ergänzt leise: »Gott sei Dank, kann ma do bloß sagn, Oida, Gott sei Dank.«

Die Bestien sind unter uns

Es ist nun schon eine Zeitlang her, daß der grauhaarige Petri-Jünger eine größere Äsche fing. Und als er sie dann erschlug, stieß das Fischlein einen kleinen, ganz hohen Schrei aus. »Aber das gibt's ja gar nicht«, sagten die anderen Fischerfreunde, »der alte Spinner hat wohl einen kleinen Mann im Ohr.« Mag schon sein, aber nach diesem Erlebnis stellte er seine Angel auf den Speicher, und die Schnur nahm er lieber zum Drachensteigen her.

Nun wäre es natürlich Heuchelei, zu behaupten, der geschockte Sportfreund hätte deshalb auch nie mehr einen Rollmops gegessen. Nein, so eine Aschermittwoch-Roulade verschlingt er noch immer gerne. Denn wie heißt es doch so schön vom Menschen: »Zwei Seelen wohnen ach in seiner Brust.« – »Und siebene in seinem Magen«, möchte man dazu noch sagen.

Aber dieser Magen dreht sich einem jedes Mal um, wenn man etwas ganz Bestimmtes liest oder erfährt. Nämlich dann, wenn es um die unter dem Vorwand der Forschung, des Fortschritts und der Wissenschaft unternommenen Tierversuche geht. Diese Schindereien, das Aufnageln von lebenden Affen auf Bügelbretter, das Zersägen, Enthäuten, Vergiften und Erdrosseln, das Füllen der Adern von Meerschweinchen und von kleinen putzigen Hamstern mit Urin und Krebsflüssigkeiten; die entsetzlichen Qualen der unter Elektroschocks bebenden und brutal bloßgelegten Innereien niedlicher Osterhäschen; das Verzucken der Frösche, die in Ölbädern halb gesotten werden; die »Verhämmerung« von Schimpansenköpfen, wie das Zerschmettern ihrer Hirnschalen ohne jede Betäubung genannt wird – das alles gehört zum täglichen »Rüstzeug« der modernen Forscher.

Diese Experimente an Tieren geschehen mit Wissen des Steuerzahlers in den wissenschaftlich getarnten Folterkammern. Freilich, um ihre Nerven und ihre Gemüter etwas zu schonen, schneiden manche Weißkittel ihren Opfern vorher die Stimmbänder durch, damit die Menschen das Verröcheln der Kreatur nicht etwa auch noch bis in den wohlverdienten Feierabend verfolgt.

Diese menschliche Schizophrenie aber begann schon vor Jahrhunderten, beim Umbringen der Elefantenbullen, weil einige dekadente Schöngeister unbedingt mit Elfenbeinfiguren Schach spielen wollten. Als ob man nicht auch mit Bauern aus geknetetem Kaugummi mit Anstand verlieren könnte. Und die lächerliche Angabe der Ebenbilder Gottes kostet beispielsweise jährlich Tausende von blauen Ozelot-Babys ihren Pelz, mit dem die Herren der Schöpfung nachher ihre ausgeronnenen Sexual-Latrinen schmücken, damit die anderen Scheichs neidig sagen: »Mensch, die muß es aber gut können!«

»Wenn man schon die kleinen erstaunten Robbenjungen totschlägt, sollte man mit dem Knüppeln wenigstens so lange warten, bis die feinen Ladies in die gegerbten Häute geschlüpft sind«, meditiert der Chronist. Und was ist das für eine schmutzige Argumentation, daß viele der Versuchskreaturen, die in den Laboratorien gefräst, geköpft, geschunden und geschändet werden, sowieso fast keine Schmerzempfindlichkeit besäßen! Und das Töten und Getötetwerden sei eben ein Naturgesetz.

Da möchte man dann doch fragen: Warum machen denn dieselben Feinspinner so ein Geschrei, wenn ihre fetten Weiber im Urlaub bei Acapulco einmal von einem neugierigen Hai zersägt werden? Vielleicht möchte der doch bloß nachschauen, wie's beim Menschen innen aussieht.

Manche der hochgelehrten Eierköpfe gebrauchen natürlich auch die faule Ausrede, die Forschung bei Tieren würde es jedenfalls bald so weit bringen, daß die Menschen hundert Jahre alt werden könnten. Da möchte man aber doch überlegen dürfen: wozu denn? Die Kanalisationen sind doch sowieso schon so überlastet, daß sich die braunen Abflußröhren aufbauchen wie schwangere Mulattenfrauen. Und wenn der große Zampano den alten Menschen langsam die Zähne ausfallen läßt, sollten sie beim Bestellen eines neuen Gebisses doch vielleicht auch auf den Gedanken kommen, daß sie nach dem Willen des Allmächtigen schön langsam nicht mehr in eine Kalbshaxe beißen sollten, sondern ins Gras.

Kriegt aber dann so einer der ganz berühmten Großmeister der entsetzlichen Vivisektion auch noch einen riesigen Orden am Bande um den Hals gehängt, so möchte der Humanist vielleicht etwas zu böse überlegen, ob für sie nicht das Band allein, etwas straffgezogen, auch reichen würde.

Hundstage

Wenn Blasius tatsächlich so hineinhorcht in das muntere Volksgemurmel, so wundert er sich immer wieder aufs neue, was vielen Grätschbeinern und natürlich auch ihm doch alles für komische Vergleiche, Wortspiele, Verserl, Schüttelreime und auch Blödsinnigkeiten einfallen. Besonders die Tierwelt wird dabei ausgiebig strapaziert. Der Spaziergänger möchte beispielsweise einmal bei den größeren Viechern anfangen.
Da sagt man von einem Elefanten häufig und gern, daß er in einem Porzellanladen alles zertrampelt. Vom Löwen ist man der Meinung, er hätte deshalb so einen dicken Kopf, damit er nicht durchs Gitter durchkann. Manchmal heißt es aber auch, der Löwe wird deshalb Löwe genannt, weil er in der Wüste »löwt«. Die Giraffen besäßen nur darum so einen langen Hals, weil der Kopf so weit weg ist. Eine Oktoberfest-Riesenschlange mißt nach Ansicht des Ausrufers wiederum vom Schwanz bis zum Kopf zwölf Meter, hingegen vom Kopf bis zum Schwanz fünfzehn Meter. Weil's doch da bergab geht.
Unter den Haustieren muß dem »Salaman sei Katz« wohl das allerdümmste gewesen sein. Denn sie kraxelte der Überlieferung nach mit dem Schwanz voraus auf den Baum. Nur der »Ganserer von Finsing« hat dieses

»Maunzerl« noch an Intellekt übertroffen. Denn »der ist vier Jahre lang mit den Wespen geflogen, ohne es zu merken«. Etwas schmerzlich scheint fernerhin der Umgang mit Stachelschweinen auszufallen. Denn um diese zu küssen, muß man erst am Kaktus üben, wie die Berliner behaupten. Daß aber ein Esel gerade aufs Eis gehen soll, wenn es ihm zu wohl ist, dürfte doch etwas abwegig sein. Denn eine Eselin tät's da vielleicht auch. Und weshalb muß es ausgerechnet eine Meise sein, wenn der Mensch einen Vogel hat? Andererseits frißt der Kater einen allzu lauten Zwitscherer gewiß auch schon am Morgen, wenn er singt. Und nicht erst auf d' Nacht. Und ob man einem nichtsahnenden Menschen tatsächlich einen Floh ins Ohr setzen kann, hat Blasius selber noch nie probiert.

Seltsamerweise ist ausgerechnet der beste Freund des Menschen der Hund. Obwohl gerade er nicht immer sehr nobel bewertet wird. Da gibt es doch sprichwörtlich den »blöden Hund«, den »krummen Hund«, den »gscherten Hund«, »falsche Hunde«, jene Hunde, die der »Alte Fritz« fragte, ob sie denn ewig leben wollten, und auch einen ganz komischen »Schwanz«, der mit dem Hunde wedelt. Und ein besonders witziges Exemplar mochte doch jenes Zamperl verkörpert haben, von dem ein bayerisches Sprichwort besagt:

Es war einmal ein Bauer,
der Bauer hod an Hund ghabt,
und wiar a den Hund gwogn hod,
do hod da Hund a Pfund ghabt.

Nun, über diese große Bandbreite an Schelmerei ist der Spaziergänger bis hierher wahrscheinlich längst ein bisserl abgerutscht. Denn er wollte ja eigentlich über die Hundstage schreiben, die ihren Namen der Überlieferung nach von dem »Hundsstern« Sirius ableiten und die vom 23. Juli bis zum 23. August dauern.
Blasius hat sich aber nun selbst einmal überzeugt, daß es auch eine ganz besonders bedauerliche Sorte von braven Bellmaschinchen gibt, die nicht durch den Sirius, sondern ganz einfach durch ihre Herrchen und Madamen in der Zeit des glänzenden Himmelsläufers einem traurigen Schicksal ausgeliefert werden. Das sind jene Stiefkinder, die ihre Zwangs-Vakanz in den – wenn auch zu Unrecht manchmal verrufenen – Hunde-Pensionen oder Zamperl-Heimen verbringen müssen.
Rund fünftausend Stammbaum-Hündchen, freche Wadlbeißer oder lustige »Schwoafaufdraha« kommen in jeder Saison in München in so ein »Dog Hotel«. In etwa acht Quadratmeter großen, gepflegten Eigenheimen wohnen sie dann zusammen mit anderen verlassenen Amerikanern, winselnden Pinschern, hartnäckigen Zimmernässern, schwer erziehbaren Streunern oder tödlich beleidigten Hundemamas. Manche in stiller Geduld, einige als rücksichtslose Nutznießer, weil sie die verschmähten Portionen der Heimwehkranken auch noch verdrücken dürfen, andere aber auch in abgrundtiefer Traurigkeit über den Verrat ihres Frauchens, das sie angeblich nur Gassi führen wollte und dann hier brutal einlieferte. Ein alter ergrauter Dobermann jedoch tröstet diese verschaukelten Neuzugänge

immer wieder mit dem Schatz seiner Erfahrungen, die er als Grenzgänger und Strandläufer an vielen südlichen Gestaden schon gesammelt hat. Und er erzählt den aufmerksam lauschenden Halsbandträgern aller Rassen, wie es so einem vierbeinigen Urlaubs-Tramp gehen kann, bis er endlich wieder daheim ist bei seinen fetten Fleischtöpfen.

Lange Schriftstücke mit vielen Sonderwünschen und Anweisungen haben fast alle Frauchen in der Handtasche, wenn sie ihre Lieblinge bringen. »Tutti« muß vor dem Schlafengehen ein Keksli kriegen, Klein »Snobbi« zwei Pfefferminzdrops. »Sissy«, die Pekineser-Lady, besteht arg auf »Krauli-Krap« hinter den Ohren, zart und fein. Und der bayerische Bierdackel »Pirschi« beharrlich auf sein blau-weiß kariertes Ruhekissen.

Herbst

Seine liebste Jahreszeit
Daheim war's immer am schönsten

L. P.: Der Sigi hat jeden Schwammerl gekannt, von Kind auf. Pilze, das war früher ein Armeleuteessen. Sein Vater hat ihn immer mitgenommen, wenn er in den Wald ging.
Schwammerlsuchen wurde seine Leidenschaft, deswegen hat er sich auch auf den Herbst gefreut, der seine liebste Jahreszeit war.
Er wußte viele gute Schwammerlplätze, sogar in Thalkirchen, am Tierpark und im Englischen Garten. Einmal waren wir auf der Sutten bei Tegernsee, da haben wir so viele Steinpilze gefunden, daß unsere Körbe überquollen. Der Sigi zog sein Hemd aus und knüpfte eine provisorische Schwammerltasche. Der Rest mußte sogar noch in seinem Kapperl verstaut werden. Mindestens sechzig waren's. Es wurde eine Riesenmahlzeit daraus, die wir per Topf in den Augustiner brachten und dort mit den Freunden verspeisten.
Und dann, natürlich, seine große Freude: das Oktoberfest. Er ist zweimal am Tag auf die Wiesn. Nur um zu schauen und zu riechen und den Ausrufern zuzuhören. Bei den Schiffschaukeln stand er gern. Oder im Hippodrom. Der Sigi kannte ja

auch viele Schausteller, wie die Steilwand-Kitty, schon jahrzehntelang gut.
Die Wirte schenkten ihm Stöße von Freibier- und Hendlmarken, die er alle weitergab. An alte Leute, an freundliche Menschen, an die Ballbuben auf dem Tennisplatz beispielsweise, die es damals noch gab. Einmal sah er einen Mann im Rollstuhl, den er ansprach. »Vielleicht möchten Sie a Hendl und a Bier.« Aber dessen Begleitung wehrte spitz ab. »Wir nehmen nix.« Doch der Mann im Rollstuhl sagte fröhlich: »I scho.« Und der hat natürlich auch seine Gutscheine bekommen.
Im September oder Oktober wurde der Sigi nach Frankfurt zur Buchmesse eingeladen. Das war ihm stets sehr unangenehm – obwohl er es andererseits natürlich gerne hatte, daß er gefeiert wurde. Vor allem auch, wenn er einen Literaturpreis vergeben durfte, was alles immer mit einem großen Fest verbunden war. Und seine Spezln waren oft genug mit dabei als Festgäste. Aber zahlen mußte nicht er. Das machte sein Verleger Rolf S. Schulz und dem Sigi am meisten Spaß.
Was die Reise nach Frankfurt betrifft, war ihm die Ehre trotz allem insbesondere deshalb sehr zuwider, weil er seit dem Krieg nicht mehr gerne weiter von München fortging, als er notfalls abends heimlaufen konnte. Jedesmal wenn das Angebot kam, nach Frankfurt zu fahren, war das furchtbar. »Naa, i fahr net!« Und dann am

anderen Tag: »I muß doch fahrn, i kumm net aus.«
Ich habe ihn immer getröstet: »Sigi, stell dir vor: interessante Leute, neue Eindrücke, eine Nacht in einem tollen Hotel.« Aber er hat nur gegrantelt: »Geh, was tu i im Hotel? I hab doch mei Bett, i brauch kein Hotel ...«
Er wollte einfach nicht weg. Er wollte seine gewohnte Umgebung, seine Spezln. Wenn er fern von München nicht erkannt und nicht angesprochen wurde – dann war ihm das auch nicht so recht. Er liebte eben sein München, seine Heimatstadt, über alles. Dieses Gefühl war stärker als sämtliche Verlockungen von draußen.

Ellabätsch-Hetschibätsch

Lust- und drucklos nässelt der Valentin-Brunnen vor sich hin. Hinein in die Kaltschale. Dem mageren Gaudiphilosophen haben die Marktfrauen ein Sträußchen Strohblumen an die Buntmetallfinger gedrückt. Vielleicht, damit's ihn nicht so friert. Ratlos steht er damit da, wie weiland der ewige Hochzeiter. Drüben der weißblaue Sancho Pansa aber, der eiserne Ferdinand Weisheitinger, drückt einen stattlichen Winterradi als Morgengabe einer witzigen Sellerie-Bavaria innig an die Denkmalsbrust. So fein sind in München die Unterschiede.

Die Grünzeugwalküren tragen bereits wieder ihre Wintermoden zur Schau. Weitmaschige Kettenhemden aus schnürldicker Schafwolle – wie die Heldenmütter aus der Nibelungensage sehen sie aus. Und die Schätze, die sie bewachen, sind der wehrhafte Porree, der revolutionsfarbige Paprika, der grimmige Meerrettich und Kürbisse. Kürbisse, so groß wie Kürbisse. Auch längliche gibt's davon. Grasgrüne. Die sind reserviert für Rübezahls Schinkenbrote. Als Gurkerl.

»Wos hätt ma denn gern, Madam«, »Geht no wos ob, Fraule«, »An scheena Apfel, a siasse Draum«. Auf dem Obstmarkt bieten freundliche Weiblein mit süßer Stiefmutterstimme gute Ware feil. So verlockten sie wohl

auch den Adam und das Schneewittchen zum verderblichen Biß. Pfeilgrad, da buhlt ja tatsächlich auch die tückische Mutter Königin mit dem milden Kalterer, dem köstlichen Morgenduft und dem strammen Boskop um das Schneewittchen. Aber die Märchenprinzessin hat reich geheiratet. Und kauft jetzt nicht mehr auf dem Bauernmarkt, sondern im Reformhaus. Und überall sind die gestreiften Tiger der Lüfte, die Wespen, unterwegs. »Des bedeit an schtrenga Winter«, sagt die Standlfrau. Ein guter Vater belehrt indes seinen Sohn: »Schau dir bloß diese Tiere an, wie sorglos sie leben. Sie säen nicht und ernten nicht«, sagt er in frommem Hochdeutsch. »Aber schtecha dean s', Baba«, wird ihm kurz und sachlich entgegnet.
Bei den Blumenweiberln ist der Spätherbst eingezogen und prahlt weithin: »Des wui i scho sehng, wer 's Moin besser ko. I oder da liadaliche Mai.« Preisgünstig prangt die Flora der Astern und Gladiolen. Gefärbte Schafgarbe gibt es auch und handbemalte Distelknospen. »Des Bleame-Omoin muaß aso a ähnliche Arwat sei, wia de Ölsardinen d' Zähn putzn«, meint kichernd eine ältere Rosen-Marie. Halbhohe Sonnenblumen werden angepriesen. Als dauerhafte Wohnzimmerpflanzen. Und Rohrkolben. Seltsame Gewächse. Sehen ein bißchen aus wie Ladestöcke für mittelalterliche Arkebusen. Oder Kanonenwischer. Aber wenn jemand gern ans Essen denkt, kann er sie auch für Bratwürste am Spieß halten. Sie wachsen ohnehin ganz hinten in den Brotzeitecken der Weiher. Für die Elfen und Nymphen vielleicht, wenn sie hungrig sind nach dem Reigen.

»Ellabätsch-Hetschibätsch«, sagt der Bub zum Hagebuttenmark. Er denkt daran, daß die Früchte auch das wertvolle Juckpulver enthalten. Und die alten Blumenfrauen fragt er, ob sie keine Kletten hätten. »Wissen S' scho, de wo hänga bleim am Gwand, wenn ma s' jemand naufschmeißt.« Aber niemand weiß dann, warum er so lang sinnend vor den großen Preiselbeerbergen steht und auf einmal die »Loreley« pfeift. Das würde auch kaum ein Quizmaster erraten. Weil nämlich, das ist so: In den Ferien hat er einmal ein Haferl voll Taubeeren gebrockt. Und weiß, was das für eine Arbeit war. Aber man hat ihm dann erklärt, daß die Waldweiberl dazu einen Taubeerkamm hernehmen. Und in der Vorstadtfassung von der »Loreley« heißt es doch bei der Stelle vom goldenen Scheitelrechen:

Und sie nimmt an Taubeerkamm
und ramt de rote Birschtn zsamm.

Deswegen die »Loreley«. Kapiert?
»Wenn i koa Gansjung hob, pfeif i auf de scheenste Gans«, sagt der alte Münchner. »Weil ma 's Gansjung nämlich liaba is, wia wenn ma oana mit 'm Hakelstecka in d' Nosn neifahrt.« Zu hunderten berlichingern die gerupften Knödl-Adler mit ihren fetten Hinterteilen der Kundschaft zu. Von dieser eindeutigen Stellung mag vielleicht auch das Wort stammen: jemand »auf Kirchweih laden«. Ein ungeheures Feilschen, Verdächtigen, Schmusen, Belauern und Beschwatzen ist im Gang. Doch kann wohl nur der ganz perfekte Sprach- und Marktforscher beispielsweise jenen rätselhaften

Ausspruch ganz deuten: »Goin S', Frau, die Gäns san scho sauwa putzt heia. Wissen S', de wo i vorigs Johr dawischt hob, da war nämlich no de ganze Gans ganz volla Schteftn.«

Im Endiviensalat ist da und dort schon ein bisserl die »Gfrier« drin. Verschmitzt schmunzelt der Sellerie dem Kirchweihfest entgegen. Da gibt's wieder viel lobende Worte für ihn. Und im Ausländerlager kuscheln sich die Kaki, Finocchi, Zucchini und andere »i« und »ini« aneinander. Daneben aber hat eine Mutter Courage eine Weißkrautpyramide errichtet. Militärisch exakt, als sollte gleich die Beschießung der trutzigen Burg Godesberg durch die Bayern beginnen. Blaukraut ist auch da. Wie das der vor Kälte zitternde Bub in seiner kurzen Schnellbiesler-Hose sieht, in der es ihn doch so friert, meint er schnatternd zu seiner Großmutter: »Gell, Oma, a Blaukraut is bloß a Weißkraut, des was friert.«

Melancholie im September

Blasius weiß nicht, ob es anderen Menschen in dieser Jahreszeit auch so ergeht wie ihm. Denn beim Spaziergänger kräuseln sich im »blauen Mond September« die Gedanken wie unzählige kleine Meereswellen. Und es gelingt ihm einfach nicht, sie glattzustreicheln. Das ist, wie wenn er versuchen würde, den Atlantischen Ozean mit der flachen Hand zu bügeln.
Dabei war ihm doch der Herbst immer schon viel lieber als beispielsweise das Frühjahr mit seinem Chanel-Getröpfel, den dämlichen Blauveilchen-Liedern und den rabiaten Heiratsinseraten. Oder die Sommerzeit, wenn sich die Touristen auf dem Münchner Marienplatz bei glühenden Temperaturen mit ihren Kneipp-Sandalen festsaugen wie die Wetterfrösche in den Einmachgläsern.
Und erst der grimmige Gevatter Winter. In welchem die Dorfbader Tirols unten bereits frohlockend den Gips anrühren, sobald die staffelei-beinigen Stadtfracken oben zu rutschen, zu straucheln und endlich zu stürzen beginnen. Und ganz ehrlich gesagt, möchte der Spaziergänger, wenn er einmal über die »Brücke El-Sisret« gehen muß, sogar gerne um einen Termin im neunten Monat bitten. Wenn's geht, am liebsten am 31. September. Voilà.

Vielleicht aber, weil es schon in dem Lied vom alten pflastermüden Pony so schön heißt:

Hüaho, alter Schimmel, hüaho,
geht's bergab, sind wir alle beide froh,

liebt Blasius auch die ähnlichen Poeme alle ganz besonders. So den heimatlichen Spruch, der ganz lakonisch feststellt:

Der Summa is umma –
jetz müass ma hoid wartn,
bis d' Schwoim wieda kumma.

Oder die ehrliche Marterl-Inschrift:

Und kummt da Hirbscht –
dann schtirbst.

In der dichterischen Oberliga wiederum verlautet Rainer Maria Rilke so schön lebensmüde: »Jetzt blühen schon die roten Berberitzen – alternde Astern atmen schwer im Beet.« Wurlige Vorstadtkinder wiederum winken nur nachlässig ab und plappern großmäulig: »Aus – Äpfe – Amen.«
Und der Spaziergänger wiegt auf dünner werdendem Halse mit einem verrutschten Lächeln seinen Second-Hand-Kopf und sagt nicht mehr so oft wie früher: »Es ist prachtvoll«, sondern fast noch lieber: »Es ist vollbracht.«
Ist es denn nicht auch wunderschön, zuzusehen, wie die Zeit fast unhörbar auf Kamelhaarsocken die unvermeidliche Einbahnstraße bergab geht? Und dazu

schmunzelnd und ohne Groll den schönen Dudlhofer Vers vor sich hinzuträllern:

Wenn i zruckdeng an mei junges Lebn,
san ma Tog und Nacht bei de Madl glegn,
boid im Heuschtoi, boid im Kuahschtoi –
woaß da Deife, wo no überoi.

Und welch tröstender Trumpf liegt auch in Bertolt Brechts bittersüßer Elegie, wenn er den stolzesten aller schönen Frauen poetisch seine Zunge herausstreckt, indem er ihnen erzählt:

In meine leeren Schaukelstühle
vormittags setz ich mitunter ein paar schöne Frauen,
und ich betrachte sie sorglos und sage zu ihnen,
in mir habt ihr einen,
auf den könnt ihr nicht bauen.

Leider versteigt sich dabei die etwas bittere Resignation des träumenden alten Spaziergängers auch ein bisserl. Und er stellt dann ein paar Betrachtungen über den Gebrauchswert der sogenannten reiferen Herren an. Die doch eigentlich längst so überflüssig sind wie ein Nabelbruch. Denn in diesen Jahren ist man halt hauptsächlich nur noch wegen seines Rasierwasserkonsums ein bißchen gefragt. Und hat eine winzige Zukunft als Abnehmer von Zement fürs Zahnplombieren vor sich. Denn im übrigen strapaziert auch der steifbeinigste Hagestolz doch höchstens noch die sowieso schon völlig überlastete Kanalisation.
Freilich kommt bei solchen Überlegungen auch fast

immer ein kleiner lächerlicher Neid in so eine hausgemachte Weltschmerz-Ballade. Denn es ist eben im Leben häßlich eingerichtet, daß so vieles einfach viel zu spät kommt. Weil beispielsweise ein schönes Mädchen doch so herzlich gerne mit sechzehn ein wenig Gold am Fingerlein tragen möchte. Und nicht erst mit sechzig. Als Zahnbrücke. Und der Jüngling kriegt halt auch nicht immer schon mit fünfzehn ein nickelblitzendes Fahrradl. Sondern des öfteren eben erst als Ausfahrer mit fünfzig einen scheppernden Drahtesel. »Ach ja, ach ja«, muß dazu auch der Spaziergänger wieder einmal sagen, »Melancholie im September«. Und er möchte deshalb mit dem kleinen, fast ein bißchen zynisch abgewandelten Schlagerliedchen schließen:

Das kann doch nicht alles gewesen sein,
das bißchen Weltkrieg und saurer Wein.
Und warten aufs ewige Leben –
na eben, na eben.

Von nun an geht's bergab

»Das gilt jetzt alles nix mehr«, sagt die Zeit auf einmal wieder. Und sie wischt einfach einiges aus. Die Liebesschwüre vom Mai und das Zahngeschwür vom Juni. Oder beispielsweise den Metzgermeister Gaul, dem mitten im Juli die Eisen heruntergerissen wurden, kurz bevor er beim großen Schafkopf-Rennen seines Stammtisches Erster geworden wäre. Und auch die brave Witwe Stangelmeier, die im August vom Stangerl fiel, ist ausgelöscht. Obwohl sie doch so gerne im Oktober noch den Holler von ihrem Heimgarten eingemacht hätte. Die Gläser waren schon bereitgestellt. Doch nun läßt der zerrupfte Strauch die schwarzen Perlen einfach sinnlos wie dunkle Tränen in die verwaisten Beete hinabtröpfeln. Auf die es das junge Ehepaar Wackelzahn schon lange abgesehen hat.
Da kann der Gastarbeiter Michelangelo Peruggi ja direkt von Glück sagen, daß er gerade noch dableiben durfte. Eigentlich stand er nämlich schon auf der Heimreise-Liste. Da entdeckte ihn rein zufällig die alte Baugeschäfts-Buchhalterin Dreiheilig. Und setzte einen anderen auf die Entlassungsvorschläge. Weil sie der Michelangelo nämlich so unglaublich an den Ben Hur erinnerte. Nein, sonst wirklich aus keinem anderen Grund. Nur deshalb gab man dem Peruggi noch ein-

mal eine Chance und einen langen Besen in die Hand mit einer zwei Meter breiten Bürste. Mit der putzt er jetzt jeden Morgen dem Stachus die Zähne. Doch manchmal summt er dabei leise vor sich hin: »Wo sind die Bräute von gestern? Und die Löhne vom vergangenen Jahr?«

Die Mutter Natur ist wieder einmal am Abräumen. Draußen im Bierkeller schiebt sie das banknotenbraune Laub auf den Tischen hin und her wie ein unschlüssiger Spieler die Jetons. »Nichts geht mehr«, sagt der mürrische Wind, und vom schäbig gewordenen Kastanien-Himmel fallen plump und aufdringlich ein paar braune Rheumatismus-Äpfel herab. Irgendwie fiel in den riesigen runden Maßkrug-Bottich auch eine kleine Maus. Die saust jetzt in irrsinnigem Tempo wie die Oktoberfeststeilwand-Kitty immer im Kreise auf den senkrechten Dauben herum. Der große junge Schäferhund des Wirtes, der sie lange verwundert anschaute, beschließt dieses Rennen schließlich mit einem einzigen Wischer seines Vorderlaufs. »Brav«, sagt sein Herrchen dazu, doch die Maus stirbt wie ein Mann. Und macht schnell noch eine winzige drohende Faust hinter seinem Rükken. Sie wird sich's merken.

Die Bier-Kellnerinnen sind meist alle schon unterwegs nach Meran zur Kur. Dort essen sie täglich sieben Pfund Trauben, erzählen sich die intimsten Geheimnisse über ihre Hammer-Zehen und sagen verschämt »Geh, genga S' zua«, wenn man sie mit »Gnä Frau« anredet. Nur die alte Wally ist dageblieben. Sie braucht das verdiente »Gersterl« nämlich für ganz andere Zwecke. Und sie erzählt es der weißhaarigen Rosa, die sowieso schon lange nicht mehr fortfahren mag, weil sie in einem fremden Hotel die gewohnte Traummulde ihrer alten Birnbaum-Bettstatt vermissen würde, ihren ganzen Haushaltsplan.

»Am Fannerl miassn d' Mandln rauskumma. Erschta Klass, weil s' sovui Angst hat. Da Bua wui a Kletterausrüstung, weil a doch bei de Naturfreunde ist, und i soiba brauch neie Zähn. Mei oids Tellafleisch-Piano is nämli hi«, sagt sie, und sie zeigt es. »Aber a Krankenkassen-Klavier daugt hoid nix«, meint sie noch. Und drum bleibt halt wieder einmal null Komma null. Dazu macht die Wally zwei tief erstaunte ovale Augen, und die schlappe Nase zwischen diesen Nullen ist dann das Komma.

»Aber«, so meint sie noch, »i gib gern, solang i no ko. Denn wenn ma amoi nimmer ko, muaß ma ja do ois dolassn.«

Und dann sagt sie noch was ganz besonders Schönes, die alte Kellnerin Wally. »Woaßt, Rosa«, sagt sie ganz leise, »man soid hoid imma mit warme Händ gebn und net mit koide.«

Geschenkte Tage

So zufrieden, als hätte zu ihr der alte Doktor Jahreszeit gesagt: »Na ja, die Jüngste san S' natürlich nimmer, aber eine Zeitlang geht's scho no«, latscht die dünn gewordene Sonne auf dem verwaschenen Himmel abwärts. »Danke schön«, hat sie noch leise lächelnd zum Herrn Sanitätsrat gesagt. Nun geht sie weiter am Stock. So lautlos wie an einem Stock mit einem Gummipuffer unten. Und an der Isar drüben beißen die Fische jetzt wie wütend.
Sie können sich gar nicht sattfressen an diesem dünnen, blauen Gemüse aus Solingen. »Petri Dank«, sagen die Fischer immer wieder, wenn sie einen der blitzenden Burschen an Land ziehen. Doch sie haben alle das Maß nicht ganz. Deshalb werfen sie die Silberlinge wieder in das Wasser zurück. Denn es sind sehr disziplinierte Isarfischer. Wenn jemand zuschaut. Außerdem ziehen sie ja auch nur grätige dumme Nasen heraus. Zweisömmrig sind die. Und deshalb auch noch ziemlich einfältig. Auch wenn man nämlich Fisch heißt, kann man dumm sein.
Aber der Mann am Geländer schaut ja den Anglern gar nicht zu. Er schaut hinüber zur buckligen Vorstadtkirche. Dort streicht ein Maler, der fast gar nicht angebunden ist, den großen Zeiger der Turmuhr mit Gold-

bronze an. Es ist jetzt ein Viertel nach zwölf. Wenn es halb ein Uhr ist, wird der Maler herunterfallen. Aber er tut es nicht. Da sagt der Spekulant am Brückengeländer: »Aa recht. Da hob i hoid mit Tomatn ghandelt.«
»Gschenkte Dog«, sagt der reiche Hausbesitzer Girl, der selber noch nie jemand etwas gegeben hat außer der Hand. Aber die nahm er auch gleich wieder zurück. Dann schaut er weiterhin nur stur auf den Weg vor sich, denn er sammelt noch immer verlorene Mantelknöpfe, Sicherheitsnadeln und Haarspangerl, so wie er es schon als Kind von der sparsamen Mutter gelernt bekommen hat. Neuerdings hat er auch nichtausgenützte Straßenbahnbilletten in sein Sortiment aufgenommen. Zweimal wurde er schon fündig. Fein.
Über dem Scheitel der Bavaria schwänzeln drei moderne Kunststoffdrachen. Und zwei alte Banknachbarn erzählen sich beim Anblick dieser Herbstvögel, wie sie selbst einst als Buben die Segler der dritten Jahreszeit gebaut hatten. Das war immer ein schweres Stück Arbeit, wenn sie zum nahen Schreinermeister gingen und ihm durch alle möglichen sinnlosen Dienstleistungen ein paar »Drachalattl« abluchsen wollten.
Das Pergamentpapier zur Bespannung gab es schon für einen Pfennig bei der tauben Buchbinderin Heilig, und die »Haschpel« wurde selbst aus einem alten Kistendeckel geschnitzt. Das große Problem hingegen war die benötigte Zwirnleine, die deshalb auch hauptsächlich aus vielen einzelnen, zusammengeknüpften Stricken von unterschiedlichem Kaliber bestand. Natürlich hatte dann so ein »Leitseil«, wenn auch der Wind noch so

schön blies, immer einen gehörigen Bauch, der weit durchhing und das Hinauflassen von »Hexen« erschwerte, wie die kleinen handtellergroßen Papierpiloten hießen, die sonst an glattem Spagat wunderschön zum Haupttrabanten hinaufliefen.

Droben am Flauchersteg unter halbkahlen Kastanien stehen zwei Anlagebänke. Eine Frau mit weichen römischen Kampfstiefeln und einer grauen Drallerfrisur, ein Mann mit farblosem Sauerkrautkopf, aber einer Rotkehlchenfeder auf dem abenteuerlichen Hut und ein Invalide, der ein Holzbein hat, sitzen drauf. Die Luft ist voll winziger Insekten, daß man glaubt, man müsse sie vor dem Einschnaufen durchseihen. Von der Spielwiese herüber klingt das Kindergeschrei wie durch Watte.

»Jetzt merkt man es aber scho richtig, daß da Dog kürzer werd«, sagt der Einfüßige. Dann zieht er eine große Eisenbahneruhr aus einer blinden gelben Zelluloidhülse hervor. »Dausendmoi is s' ma scho obegfoin, aber geh duad s' oiwei no wia d' Haidhauser Feuerwehr«, lobt er seinen Taschenwecker und fügt noch hinzu: »Sie is vom Vaddern selig.« »Wiaso selig?« fragt der Rotkehlchenfederbesitzer zurück. Er kriegt keine Antwort.

Dann sagt die Frau mit den Ben-Hur-Stiefeln: »Pfüa God, meine Herrn, i geh no a wengerl in 'n Friedhof ume.« Als sie weg ist, meint der mit der Eisenbahneruhr: »De geht aa bloß auf 'n Friedhof nüber, weil sie si a bisserl beim Boandlkramer eidegeln mecht.« Lange Zeit ist es dann ganz still. Und die zwei Zurückgebliebenen beugen sich langsam weit vor auf der Bank. Immer näher der Erde zu.

Der liebe Gott hält den Atem an

Eine matte Sonne hinkt über den Himmel. Wie ein Fußkranker nach der großen Völkerwanderung. Es ist September. Der liebe Gott hält den Atem an, und das Jahr geht schon gebückt.
Draußen der Fluß hat eine seidig zarte Rekonvaleszentenhaut. Langsam heilen seine Wunden, die ihm immer wieder von Steinwürfen, Hechtsprüngen und Angelhaken aufgerissen wurden. Der Himmel darüber ist von blassem Azur. Nur in der rechten oberen Ecke klebt ein gelber Kinderdrachen drauf wie eine Achtzigpfennigmarke. Es sieht aus wie der blaue Brief, mit dem der dritten Jahreszeit zum Quartalsende gekündigt wurde.
Auch drunten am Tennisplatz neigt sich die Saison gemächlich dem Ende zu. Und langsam geht Fräulein Ellinor Grollmus in die Knie. Sie hat auch heuer wieder keine Rückhand und keinen kennen gelernt. Aber sie ist ja noch jung. Neununddreißig. Und da hat sie dem Sprichwort nach noch ein ganzes Jahr Zeit, bis das Leben beginnt. Wie man sagt, mit vierzig. Nebenan in den Heimgärten hängt eine hübsche Frau Leibwäsche auf.
Sie singt leise dazu das melancholische Hermann-Löns-Lied:

Auf den Beeten blühn die letzten Rosen.
Welke Blätter fallen müd vom Baum.
Und der Abendwind spielt mit den Unterhosen ...

Hoch oben suchen zwei Fliegerhummeln am Himmel herum und können sich nirgends hinsetzen. Sie singen hell und brav wie artige Waisenkinder. Aber jetzt umkreist das eine den Kirchturm, wespenbös und gefährlich. Da, jetzt hat es ihn auch schon gestochen. Sein Zwiebelkopf wird immer dicker.
Der Baum vorne an der kleinen Bar hat bereits einen vollkommenen Striptease-Akt aufs Pflaster gelegt. Das hat er der Tänzerin Leila nachgemacht, die er jeden Abend durch das Fenster der Oberlichte beobachtet. Pfui! Und jetzt steht er selber da, ganz ohne Blätter. Nackt, wie der Herbst ihn schuf.
Und was tun die kleinen Mädchen mit dem sanften Blick? Sie gehen schneller im Großstadt-Straßenwind. Die meisten tragen Kettenhemden aus rostiger Nibelungenwolle. Wie Jung Siegfrieds verschmähte Gespielinnen. Eine hat auch ein aufregendes weißes Seidenblüschen an. Die könnte direkt Miß Sunlicht sein. Denn sie wippt perfekt. Und die scheue barfüßige Gräfin von Schwabylon huscht zum letztenmal mit keuscher Sohle über den schattig gewordenen Asphalt. Die zierlichen Marzipan-Zehlein mit den signalroten Etiketten rümpft sie allerdings schon sehr. Und der alte Kolonialwarenhändler schreibt auf die schwarze Tafel vor seinem Kramerladl: »Prima Hustenbombomm eingetroffen.«

Im letzten Korbstuhl des verlassenen Boulevard-Cafés sitzt ein junger Mann, die Augen auf Halbmast. Endlich kommt ein Mädchen mit hängendem Glockenblumenkopf angetippelt und gibt ihm einen Zettel zu lesen. Dazu sagt sie mit zerbrochener Glasstimme: »Es stimmt scho, Peppino. Grande Misere. Do is 'as Attest.« Da hat das kleine Fabrikmädchen, das mit ihrem Verlobten vor dem Kinderwagengeschäft steht, schon mehr Glück gehabt. Sie stanzte nur einen Sommer lang. Dann lernte sie rasch den Vorarbeiter Emil kennen, der sie brav heiraten wird. Und gar bald werden sie schon zu dritt sein.

Ach ja, die Liebe. Sie blühet halt das ganze Jahr. Und überall. Sogar in der stillen, leicht verrufenen Gasse in der Innenstadt. Dort dürfen die geringen Mädchen nicht mehr vor den Häusern stehen, in denen sie ihre Nester haben. Aber was tun, sprach Zeus? Ein bißchen Reklame muß doch auch sein. Also dachten sie lange nach. Und die mollige Emmi fand endlich die Lösung. Sie kaufte sich einen langen Strohbesen. Und wenn jetzt das Auge des Gesetzes naht, schnappt sie sich schnell ihren Reinigungspinsel und kehrt damit sittsam den Bürgersteig. »Und nacha ko ma gor neamd nix«, sagt sie stolz.

Ja, ja, die Liebe macht halt recht erfinderisch.

Abschied

Mit dem Sigi auf dem Friedhof
»Du gehst scho mit mir in dieses Grab?«

L. P.: Er ist ja so gerne auf Friedhöfe gegangen, in München und genauso draußen auf dem Land. In den Dörfern war es immer das erste, daß wir den Friedhof suchten. Früher hat man auf den Grabkreuzen ovale, kleine Emailleschilder angebracht mit den Fotos der Verstorbenen. Und die haben ihn besonders interessiert.
Einmal fuhren wir nach Westenhofen bei Schliersee, um das Grab des Wildschützen Jennerwein zu besuchen, den er sehr bewunderte. Und der Sigi staunte, als er dort das Bild vom Jennerwein sah: »Der schaut ja toll aus, wie der Gregory Peck. Das waren noch Mannsbilder!«
Er hat sich auch die Lebensdaten auf den Kriegerdenkmälern angesehen, von denen er ablesen konnte, daß viele aus seinem Jahrgang im Krieg gefallen sind. Am meisten beeindruckt war er von einer Erinnerungstafel irgendwo in Oberbayern, auf der eine ganze Reihe von Namen stand. Aber das waren nicht Gefallene – aus Dankbarkeit wurden all jene aufgezählt, die heil aus dem Krieg nach Hause gekommen waren. Ein Denkmal für die Überlebenden also.

Auf den Münchner Friedhöfen kannte er sich gut aus. Doch auf dem Waldfriedhof hat er sich einmal verlaufen, als er das Grab seines Vaters suchte, und ist an einen falschen Ausgang geraten. Plötzlich stand er dann an der U-Bahnstation Holzapfelkreuth, total verloren. »Wie kumm i wieder in die Stadt rein?« Und er traute sich niemanden zu fragen. Er, der stadtbekannte Spaziergänger, als Irrläufer! Das war ihm doch zu peinlich.

In seinen letzten Jahren gingen wir oft von seinem Altenheim am Martinsplatz hinüber in den Ostfriedhof und zu dem großen weißen Engel, unter dem sein Verleger Rolf S. Schulz begraben liegt. Zu jenem Engel, der auch in der Schlußszene des Films »Und keiner weint mir nach« auftaucht. Oder wir besuchten das Grab von Peter Kreuder, dem Komponisten. Auf dem Gedenkstein sind die Noten und der Titel seines Liedes »Sag beim Abschied leise servus!« zu lesen. Und das hat der Sigi beim Weitergehen leise vor sich hin gesungen.

Sein Grab mit dem Kreuz hat er sich vor Jahrzehnten selber ausgesucht. Er fand den kleinen Friedhof an der Winthirstraße heimelig, in einen großen Friedhof wollte er nicht.

Es kam zu folgendem Dialog: »Gell, Luiserl, du gehst scho mit mir in dieses Grab?« Mir war das Gespräch gar nicht recht: »Ich denk' aber noch nicht ans Sterben.« Aber er bestand darauf: »Willst jetzt oder willst nicht?« Auf dem

Schild am Kreuz ist jedenfalls noch Platz gelassen für einen weiteren Namen.

Pfarrer Betzwieser liegt nicht weit entfernt. Schon zu Lebzeiten hat er aus Spaß gesagt: »Sigi, da werden wir eines Tages Nachbarn und können uns ums Eck herum verständigen«. Aber damals schien der Gedanke an den Tod noch sehr fern.

Hier ruht sich's wohl ...

Die rostige Gittertür am alten Friedhof wird in diesen Tagen viel bewegt von der Erinnerung, von alter Trauer und frischem Weh, das sie einläßt in die ziegelrote Festung des wahrhaften Friedens. Die hundertjährigen Bäume streuen lebensmüde die verwelkten Blätter über die blumigen Hügel. Das Kind mit der Puppe, das mit der Mama gekommen ist, schaut lang in das Fegfeuer aus kaltem Stein, das lautlos in einer Nische am brüchigen Kirchlein flackert. Dann läuft es erschrocken zur Mutter, die gerade beim Händler isländisches Moos kauft, und deutet wispernd auf das Relief: »Ui, Mama, a echta König brennt aa drin.« Die Mutter nickt. »Ja, Mädi, da guit halt aa a König nix mehr.« Das brave Kind spritzt Weihwasser in die Flammen.
Um das große Wasserbecken inmitten des Friedhofs geht es zu. Alte Frauen füllen die Gießkannen. Dann knien sie vor den Gräbern und kämmen mit winzigen Rechen vorsichtig den Hügel durch. Kein Stein soll ihren Lieben die Erde schwerer machen, als sie ist. Langsam schmücken die steifen Sorgenfinger das Grab mit lilafarbenen Erikastöckerln und weißen Asternsträußerln. Und die Mädi fragt: »Mama, kumma alle Leit ins Graberl? Gell, aber du net!«
Das alte Ehepaar steht vor dem Stein, der schon viele

Namen trägt. Da sagt der Mann auf einmal: »Komisch, auf was ma alles stolz is im Lebn! Zerscht ois Kind auf sei Schaukelpferd, nacha auf d' Firmungsuhr und dann vielleicht auf sei guate Notn. Und später auf des scheene Schlafzimmer, mahagonifurniert. Und im Oita auf sein Voibart oder sei Rüstigkeit. Und wenn er 's no dalebn taat, nacha waar mancher gwiß auf sei scheene Leich aa no stolz und de ruhige Lag von seim Grab.« Aber als die zwei dann vorbeigehen an den vielen Parzellen, in denen nur ein Pflock mit einer Nummer steckt, weil sich der große Schnitter diesen Acker schon reserviert hat, bleibt er doch noch einmal stehen, deutet auf ein windstilles Winkelplatzerl und meint: »Siehgst, des waar des mei. Schee rückenfrei, schattig und hoamlig.«

Die einsame Witwe schaut erst scheu um, geht dann ganz nahe an die blasse Goldschrift heran und beginnt leise zu murmeln. Sie redet mit ihrem Ferdinand, weil sie daheim auch keine Ansprache mehr hat. Viel erzählt sie ihrem guten Mann, der sie so allein ließ. Von den kleinen Sorgen, und was sich die Leute mit einer Witfrau alles erlaubten. Ihr Grab ist das schönste in der ganzen Sektion, und das nicht nur zur Allerheiligenzeit. Sie besucht ihren Ferdl jeden Tag. Nachher liest sie die Jahreszahlen an den neuen Ruhestätten und rechnet. Vor einem verweilt sie länger. Was, dreiundneunzig ist die alt geworden. Und sie ist jetzt vierundsechzig. Da ist ja noch lang hin. Wer kann ihren kleinen Seufzer deuten?

Die zwei Spitalerfreunde kennen den Friedhof schon auswendig und sind längst per du mit dem Boandlkramer. Sie nicken den Tafeln zu, auf denen die Namen der gestorbenen Seelsorger stehen, die jetzt mit ihrer Gemeinde vereint sind. Und auch dem Friedhofwärter und bei den mürben Grabsteinen mit den Inschriften »Privatier«, »Realitätenbesitzer« und »Rentier« nicken sie und sagen: »Des warn no Zeitn.« Dann klauben sie ein bißchen ächzend einen Blätterstrauß zusammen für ihren vorangegangenen Spezl Sebastian Glasl. Sie haben kein Geld für Blumen und trinken lieber nachher ein Stamperl auf den Wastl. Der hat gwiß nix dagegen. Ganz gwiß net. Bei der Friedhofstür buchstabiert der eine noch langsam den Spruch auf dem zersprungenen Sockel. »Hier ruht sich's wohl – friedfertig legt der Stolze sich zum gekränkten Bettler hin und schläft.« Er fügt hinzu: »De oanzige Gerechtigkeit.«

Aber dann, auf der Straße, dreht er seinen alten Freund schnell herum. Ehe der fragen kann, sieht er auch schon den Totenwagen, der jetzt von hinten kommt und an den beiden vorüberfährt. Auf einen zukommen darf der nämlich nicht, sonst reißt's einen bald. Und so pressiert's ja auch grad wieder nicht.

Der Engel mit den grünen Augen

Als dem Bübchen die Hose noch von seiner guten verwelkten Großmutter auf- und zugeknöpft wurde, ging er mit der Oma auch öfters in den alten Friedhof. Und dort sah das Kind immer viele Großmütter wie sie mit kleinen Eisenrechen auf den Nimmerleinshügeln herumkratzten, als wollten sie die Dahingeschiedenen wieder ausgraben.
Später dachte der Mann dann auch einige Male darüber nach, warum die Menschen wohl soviel schwere Erde auf die Brust kriegten, wenn sie tot waren. Und alle hatten sie auch noch wuchtige Steinblöcke auf ihre Ruhestätten wälzen lassen. Seltsam, und je reicher sie einst gewesen waren, desto größer und gewichtiger waren die Marmorquadern, mit denen sie zugedeckt wurden.
Bis heute aber ist der kleine Trübspinner nie richtig darauf gekommen, warum sich die Mächtigen gar so endgültig beschwerten, während arme Leute oder Soldaten fast immer nur ein kleines, schäbiges Vergißmeinnicht-Mahnmal auf ihr letztes Plumeau gepflanzt bekommen.
Aber womöglich deckten sich die Könige, die Feldherren und Diktatoren auch nur deshalb so mit tonnenschweren Quadern und Marmorwürfeln zu, weil sie ein

bißchen Angst hatten vor der Auferstehung des Fleisches. – Na ja, unser Herrgott wird's schon wissen, sagt man hierzulande bei solchen Fragen.
Als dann in den feldgrauen Jahren das zornige Unglück vom Himmel fiel, da traf es auch den alten Friedhof, über dessen Eingang zu lesen ist: »Requiescat in pace!« Denn die Bomben konnten halt nicht lesen. Und die Piloten nur selten Lateinisch. Seitdem sieht der verwachsene Campo Santo mit dem alten mürben Kirchlein aus wie ein durchgeschüttelter Steinbaukasten von garstigen reichen Kindern. Aber der Mann geht auch heute noch gerne zu ihm hin, steckt seinem toten Großmütterchen vielleicht ein paar Tagundnachtschatten an die schwarze Humusbluse und studiert auch immer wieder die schönen Inschriften, die bronzenen Bildwerke und gemeißelten Figuren in der Endstation »Es war einmal«.
Und sinnend liest er viele berühmte Namen, und er denkt sich: »Nie gelebt und nie gewesen.« Schau, schau, da steht auch noch der Name von einem Hofnarren, der einmal zu seinem König sagte: »Wer kann, der kann.« Doch jetzt kann er selber wohl schon über hundert Jahre auch gar nichts mehr.
Heißa, wie blickt doch daneben ein Feldherr mit kühnen Adleraugen aus Marmorstein verwegen und schnurgerade! Und was hat sich wohl jener berühmte Patrizier gedacht, als er seinen schneeweißen Grabstein in Auftrag gab? Denn unter dem Ahnherrn steht in herrlicher Gedankenlosigkeit: »Ihm gingen voran«. Und dann folgten acht Verblichene seiner Sippe. Als

ob seine Lieben nicht wenigstens getragen worden wären.
Wurden sie denn tatsächlich fünfter Klasse beigesetzt und mußten selbst marschieren? Und immer wieder die Statuen von Mutter Maria und dem Jesuskind, aus Carrara und Basalt. Wie die Madonna das nackte Kind in den schaurigen Novemberwind hält! Zwischen winzigen, verwitterten Sandsteinen mit den längst verblaßten, goldenen Narben des Schmerzes wuchten meterhohe Wegweiser zum Jenseits heraus. Groß wie die Hundert-Kilometer-Steine auf der Autobahn. Fehlt eigentlich nur noch die Aufschrift: »Tausend Lichtjahre bis zur Ewigkeit.«
Schwarze Cherubim mit weit ausgespannten Flügeln wirken wie die Nachtjäger der ewigen Dunkelheit. Andere Fernaufklärer wiederum haben ihre Tragflächen der Barmherzigkeit sittsam gefaltet.
Am liebsten aber steht der Mann immer wieder vor dem Engel mit den grünen Augen. Er ist ganz hinten, im Winkel der roten Ziegelmauer, mit dem Gesicht halb zur Wand gekehrt, wie jemand, den man in die Ecke gestellt hat, damit er sich schämen soll. Sein Antlitz ist voll müder Resignation, und die Augen blicken melancholisch mit jadefarbenen Pupillen, als hätten sie Haftschalen aus Grünspan.
An der rechten Hand aber führt dieser Schutzengel noch immer ein halbes bronzenes Kind spazieren. Einsam, ratlos und verlassen oxydiert er so vor sich hin. Und man könnte darüber nachdenken, was mit diesem rätselhaften Einzelgänger aus dem Heer der himm-

lischen Heerscharen wohl sein könnte. Und dann ist es dem Mann mit leisem Kinderlächeln doch noch eingefallen. Der Engel mit den grünen Augen getraut sich wahrscheinlich nicht mehr heim. Weil er doch so schlecht auf das Kind aufgepaßt hat.

Jahresausklang

Die staade Zeit

Beim Libero vom FC Jesus

L. P.: Der Stadtpfarrer Fritz Betzwieser war für den Sigi der »Libero vom FC Jesus«, der gute Mensch von Neuhausen, ein Golfstrom an Menschlichkeit. So hat er ihn auch immer wieder beschrieben. Der Sigi hat ihn vor vielen Jahren in der Sauna kennengelernt, und dann wurden sie Freunde.
Ernst Heß, der Heß Bubi, der früher bei der SZ und dann jahrzehntelang beim »Spiegel« war, spöttelte immer, der Sigi stelle sich nur gut mit dem Pfarrer als Rückversicherung für später. Und der Sigi spöttelte genauso: »Der reserviert uns da droben einen Logenplatz.«
Wir haben in den letzten zwanzig Jahren zusammen in meiner Wohnung Weihnachten gefeiert, der Sigi, der Stadtpfarrer und ich. Hin und wieder hatten wir auch eine Katze zu Gast. Der Sigi hat bei den Geschenken immer erst fürchterlich geknurrt, weil das alles soviel kostete. Er hat sich aber unbändig wie ein Kind über Kleinigkeiten freuen können und selber von Herzen gern geschenkt. Zum Fest machte er immer einen Punsch, den besten der Welt.
Schon beim Abfüllen in die Flaschen, für die er sogar Etiketten hatte drucken

lassen – »Sigi Sommers Punsch nach Omas Rezept«–, wurden wir von den Alkoholdämpfen ganz benebelt und damisch. Wenn der Sigi jemandem eine Flasche von dem Punsch verehrte, dann war das schon eine Auszeichnung, etwas ganz Besonderes. Um elf Uhr, nach dem Essen und nach der Bescherung, sind wir in die Mette, die der Pfarrer eigens für den Sigi eine Stunde früher als üblich angesetzt hatte, damit's für ihn nicht so spät wird.

Wir haben uns oft übers Jenseits unterhalten. »Ich würd' dir deinen Glauben ja abkaufen, wenn ich könnt'«, hat er zum Pfarrer gesagt, »dann hätte ich nicht so viele Probleme und Zweifel.«

In seiner Art war der Sigi schon gläubig. Einmal haben wir am Sendlinger Tor den Pfarrer Betzwieser und seine Mutter getroffen, eine kleine, resolute Person. Die wollte gleich wissen, ob der Sigi verheiratet ist. Und dann hat sie gefragt: »Glauben Sie an den lieben Gott?« »Ja«, hat er gesagt, »stellen S' Eahna vor: So ein Blatt wie da drüben an dem Baum, das kann kein Nobelpreisträger nachmachen. Also muß es doch da oben Einen geben.« Und Mutter Betzwieser sprach zufrieden: »Ja, dann ist es gut. Komm, Bubi, wir gehen.« Und sie zog ab mit ihrem Sohn, dem Stadtpfarrer.

Später im Heim hat er oft geweint, wenn die Erinnerungen wach wurden, an die schönen Jahre, an die Bälle, an die großen Feste. Oder wenn wir ihm erzählt haben, daß die Leute an ihn

denken und seine Geschichten lesen und daß ein Film über sein Buch »Und keiner weint mir nach« gedreht worden ist.
Zum Schluß wurde er heiter, als wir vom Tod sprachen. »Der Pfarrer ist schon drüben. Alle unsere Katzen – der Schnurri, der Benny, die Minka, das Bärle, das Zwergerl –, alle sind schon drüben«, hab' ich gesagt, und er hat geantwortet: »Woaßt was, i frei mi so, i frei mi so.« »Und auf was?« hab' ich gefragt. Und er: »Aufs Sterbn.«

Bald macht das Jahr die Augen zu

Der Fluß ist bleiern und blind wie ein uralter Spiegel. Das Jahr gähnt. Es hat die Augen schon halb zu. Bald wird es sanft entschlafen. Auch die Sonne ist nicht mehr viel wert. Sie ist dünn und durchsichtig wie ein abgelutschtes Zitronenbonbon. Und ganz hinten am Horizont ballt sich der Nebel schlagrahmdick, als wäre er schon Schnee. Der Winter nimmt Maß.

Isaraufwärts fährt ein Radler. Mit einem Teenager auf dem Lenker. Er schaut rechts, sie schaut links in die Büsche. Aber die Weiden schütteln ihre kahlen Köpfe. Zu dem kleinen Buben, der mit dem Fuß unter der Stange auf seinem Radl herwetzt und bis zum Knie voll schwarzem Kettenfett ist, sagt ein Weiblein fingerdrohend: »Do werd aber dei Mama a Freid hom.« »Werd gor koa Freid ham«, sagt der junge Stahlroß-Ritter, »weil i nämlich gor koane hob, ellabätsch.« Da runzelt der Fluß die Stirn.

Drüben um die kleine Ausflugswiese dreht ein Lodenmännlein eine steifbeinige Runde. Keine tausend werden's nimmer. Das weiß er selber. Die Hände auf dem Rücken, schaut er jetzt dem schwarzen Vogel zu, der aus dem trockenen Rasen einen widerspenstigen Wurm ziehen will. »Des guit net«, protestiert der Ringelmann, »i bin ja scho im Winterschlaf.« Aber der hungrige

Beileids-Adler krächzt höhnisch: »Rraus, rraus.« Und weg ist die listige Rasen-Natter. Da lacht der Loden-Wotan lange.
Jetzt rülpst ein uraltes Flugzeug, eines zum Mittreten, über die Baumwipfel. Schluckernd kommt es gerade noch über die Hochspannung, und dann wackelt es stotternd und kichernd wie ein Besoffener der Stadt zu. Im Selbstgespräch: »Lacha miaßt i, wenn i obafoiat.«
Der junge Bursche mit dem geschienten Arm schaut gar nicht einmal hinauf. Die gesunde Hand läßt eine Gerte pfeifen. Wütend schlägt er den grauen Nachmittag. Vielleicht kriegt der Meister die Schläge? Oder die Krankenkasse? Vielleicht auch nur das Schicksal, so im allgemeinen. Wer weiß es. Nein, die Minna, die Bedienung von der alten Wirtschaft, auch nicht. Die hat jetzt wenig zu tun. Aber über den Winter wohnt sie bei den Wirtsleuten. Gerade singt sie laut und unbeobachtet, während sie im Nähkastl kramt.
Weiter droben steht ein Brünnlein und plätschert nicht mehr. Das Wasser hat Hausarrest. Mann und Frau mit Essigkrug kommen gegangen. Alle zwei machen ein Gesicht, als wären sie drei Tage in der Beiz gelegen. Und nicht der Hasenschlegel. Sie schweigen sich gegenseitig erbittert an. Erst, als er in ein laubverdecktes Loch tritt, huscht ein Hoffnungsschimmer über ihre Selleriezüge. Aber sie freut sich umsonst. Nichts ist verstaucht. Nun schauen sie den Fischern zu. Ihre dunklen Schatten wachsen ins Wasser, in dem ein paar müde Silberlinge stumpf blinken wie ein ertrunkenes Eßbesteck. Aber so spät beißen die doch gar nicht mehr. Plötzlich zappelt

doch einer hoch in der Luft am unsichtbaren Faden. Die Petri-Jünger sind selber ganz baff. Wie gibt's denn so was. Nur die einsame mürrische Brachse weiß, warum. Sie war lebensmüde. Föhn und November.
Die Riesentanne beim verlassenen Familienbad hat einen blutroten Ordensstern auf die grüne Brust bekommen. Vielleicht wurde sie ein Held der Freizeitgestaltung. Doch nein, nur ein abgerissener Papierdrachen baumelt zwischen den Ästen. Auf den verwaisten Badewiesen liegen statt der entblätterten braunen Nixen nix wie braune Blätter. Ganz umsonst spannt sich die kleine Brücke über den leeren Schwimmkanal. Irgend jemand hat das Bad wieder aussaufen müssen. In den Kabinenkästen überwintert ein Rest Spätsommerluft. Ein mohairgraues Mäuslein sitzt vor dem Umkleideraum. Schaut, stutzt und verschwindet im Nachbareingang. »Damengarderobe« steht da dran. Na ja, die Maus wird es schon wissen.
Die städtische Ischias-Pampa, der Campingplatz, ist verödet. Am Eingang raschelt ein verknittertes Rezept für Jodtinktur. Und über die Prärie läuft ein Hund. Ohne Grund. Im Waschhaus flattern zwei vergessene zerfranste Leintücher. Nichts sonst blieb zurück. Halt, da ist noch was: drei rußige Zündkerzen, hundert Zigarettenkippen, ein Sardinenbüchsenschlüssel und eine Handvoll Briefschnitzel, aus denen zu entziffern ist: »Nein – niemals – nimmermehr«. Die Buckel und Mulden von einst sind bereits weitgehend verschwunden. Noch einige Jährchen, und die Rheumatismusfarm ist von ihren Gästen vollkommen plattgelegen.

Auf die alte Buche geht ein Jüngling mit rotem Pullover zu. Schaut und zieht etwas aus der Hosentasche. Ein Messer. Wütend beginnt er zu schneiden. Aha, ein Rindenmonogramm löscht er aus. Ach, das hinterläßt eine ganz schöne Wunde. Doch übers Jahr ist's auch vernarbt.

Der Tag, als das Christkind kam

Am Tag, als das Christkind kam, zeichnete mein Vater mit dem Finger einen schwebenden Engel an die Wand, an der ich schlief. Mein Vater konnte gut zeichnen. Und die Wand war die Brandmauer einer vierstöckigen Mietskaserne. Drum war sie im Winter so kalt, daß sich an ihrer Innenseite eine Rauhreifschicht bildete, auf der mir dann mit Hilfe meines Vaters der himmlische Bote erschien. An diesem Tag lehnte auch das Fahrrad nicht an dem alten Auszugstisch, der vor meinem Bett stand. Ich bin nämlich in meiner Jugend oft träumend aus dem Bett gefallen und an das Rad gestoßen. Und das Stahlroß fiel dann scheppernd um und auf mich drauf. Aber ich schlief da ruhig weiter. Ich konnte damals noch mit solcher Energie schlafen, daß es meiner Schwester Weibi nicht gelang, mir ein Zuckerstück, das ich in der geschlossenen kleinen Faust hielt, zu entwinden. Nur die Nacht auf den Heiligen Abend schlief ich nicht. Und nicht nur deshalb, weil ich doch auch die winzigen Geschenke bewachen mußte, die ich unter dem Kopfkissen hatte und die für meine Eltern waren. Nein, ich hatte schon am Morgen des Heiligen Abends immer einen glänzend roten Kopf wie die große Kugel auf des Weihnachtsbaumes Wipfel. Vor lauter Aufregung.

Vormittags mußten meine Schwester und ich immer

wieder schnell wohin laufen. Zum Kramer Isemann um Zibeben. Oder zum Buchbinder Speyer: »Um a Fünferl a rots Bandl.« Wir taten das gerne, im Gegensatz zu sonst. Nachmittag kam mein Vater heim mit einem Rucksack auf dem Rücken und einem kindlichen Lächeln im rauhen Stoppelgesicht. Dann setzte er sich hin und rasierte sich, und ich hielt ihm den Spiegel vors Gesicht. So brav war ich damals, als mir dieser Abend wirklich noch ein heiliger war. Später nannte ich ihn auch öfters den scheinheiligen Abend.

Indes zog meine Schwester unseren Schnauzl »Scheps« feierlich an. Er mußte in eine alte, graue Strickweste schlüpfen und bekam eine Zipfelmütze aufgesetzt. Dann wurde er in den Kinderwagen gepreßt und zugedeckt. Da sah er haargenau aus wie der Siebengeißlein-Wolf. Der Scheps blinzelte zuerst eine Zeitlang und schlief dann einfach ein. Nachher ging mein Vater in den Garten und schoß einen fetten Hasen. Nein, nicht auf freier Wildbahn, sondern mit der Flobert-Pistole aus dem Hasenstall heraus. Doch da durfte nicht einmal ich zuschauen, obwohl ich der Häuptling Donnerzahn war. Aber ich kriegte dann jedesmal das Schwanzl vom Heimgarten-Lampe fürs Indianergewand, und zwei Hasenpfoten wurden aufgehoben für den Onkel Ferdl, der ein alter Postinspektor war und seine Schriftstücke immer noch mit Streusand und Hasenpfote präparierte. Obwohl der Tintenlöscher schon lange erfunden war.

Gegen Abend setzte meine Mutter einen Topf Brotsuppe auf und schnitt Milzwurst hinein. Als Christkindlessen. Und der Vater nahm Walnüsse, steckte hinten ein

Zündholzsteckerl in die Kerbe, machte einen Draht dran und tauchte sie in eine Kaffeetasse, in der altes Bier war. Dann tupfte er mit einer solchen Nuß in ein kleines Büchlein, das Blattgoldblätter enthielt, und stupfte das geangelte Blatt mit einem Wattebausch so an die Nuß, daß sie nun aus eitel Gold war. Das tat er für das Christkindl, weil das sonst mit der Arbeit nicht mehr nachkam. Die Mama verschwand dann im dunklen Nebenzimmer mit diesen güldenen Früchten. Und später ging auch der Papa zu ihr hinein, und dann kam unsere alte Großmutter, und wir holten einen Schemel und setzten uns zu ihren Füßen.

Da erzählte sie uns die Geschichte vom armen »Esulein«, wie meine Schwester sagte, weil ihr doch vorne zwei Zähne fehlten. Die Eltern aber hatten uns streng verboten, durch das Schlüsselloch zu schauen. Damit auch das Christkindl wieder hinausfliegen konnte aus dem Zimmer und zu anderen Kindern. Aber einmal geht auch der längste heilige Spätnachmittag zu Ende, und auf einmal machte das Christkindl »Bim, bam!« mit der Glocke von meines Vaters Fahrrad. Da ging die Tür auf, und wir schritten ins herrliche Sternwerferzimmer. Dort standen der Vater, die Mutter, die Großmutter, der Tannenbaum und mein Schaukelpferd, das vom Christkind acht Tage vorher abgeholt worden war. Und jedes Jahr hatte es dann eine andere Farbe. Und war abwechselnd ein Füchserl, ein Schimmel oder ein kohlschwarzer Rapp. Auch meine Schwester bekam ihre Puppe Sissi wieder und weinte ihr vor Freude gleich auf die neue Perücke. Dann kriegten auch die

Eltern ihr Teil. Die Mama eine selbstgemachte Streichholzschachtel nebst sechs Wäscheklammern, gefunden und weißgebürstelt. Der Vater einen Bund Hühnerfedern zum Pfeifenreinigen. Obwohl er doch nur Stumpen rauchte.

Das war so schön gar manches liebe Jahr. Bis zum Weihnachtsfest 1922. Da hatte ich nämlich, mißtrauisch geworden dadurch, daß der Nikolaus genau dieselben Stiefel anhatte wie der Trambahner Kästl, ins Christkindlschlüsselloch weiches Brot hineingedrückt. Ich wollte es dieses Mal unbedingt fangen, damit wir es behalten konnten. Aber als ich dann im Zimmer stand, bei der Bescherung, da war nirgends der geflügelte Himmelsbote zu sehen. Auch nicht unterm Bett, wo ich Nachschau hielt. Ganz heimlich untersuchte ich das Schlüsselloch. Das Brot war noch drin.

Da wußte ich alles. Und für einen achtjährigen Gassenbuben erloschen die Lichter auf dem heiligen Märchenbaum für immer. Sie ertranken in den aufsteigenden Tränen.

Blick nach vorn ohne Zorn

»Blick nach vorn – ohne Zorn«, so möchte der alte Münchner zum Jahreswechsel das berühmte Motto abwandeln. Und wenn auch das Öl so knapp werden sollte, daß die Deutschen bald keinen Scheitel mehr tragen dürfen, um auch noch das Haaröl zu sparen, die Ölsardinen in Kölnisch Wasser eingelegt werden müssen und sämtliche Haustüren des Abendlandes zu knarzen beginnen.

Denn auch das wird vorübergehen. Das gehört doch alles ganz selbstverständlich zum Rhythmus unserer Zeit, meint der Grauschimmel. So, wie nach sieben fetten Jahren immer wieder sieben magere kommen, wie die Ebbe von der Flut abgelöst wird, der Sommerschlußverkauf vom Winterschlußverkauf, wie nach einer freien Liebe das Vormundschaftsgericht kommt und nach dem Leben – das ewige Leben. Dies wenigstens nach Meinung derer, denen das irdische Dasein noch nicht genügt hat.

Ganze Generationen von Dichtern und Denkern haben doch immer schon auf dieses komische Wechselspiel hingewiesen. Zuerst ein alter Grieche, der feststellte, daß »alles fließt«. Dann Ben Akiba, der das etwas anders sagte. Nämlich: »Alles ist schon einmal dagewesen.« Die Dichter aber dichteten beispielsweise böse:

Es geht alles vorüber, es geht alles vorbei –
auch der Herr Hitler und seine Partei.

Die Slogan-Hersteller wiederum behaupten fest und steif: »Der nächste Winter kommt bestimmt.« Während die bayerischen Gebrauchs-Denker sagen: »Am Madl und ana Trambahn lafft ma net noch, es kommt immer wieder a neie.«
Wie wenig aber der Mensch weiß, was denn dann wirklich kommt, besagt ebenfalls schon ein berühmter Nachdenker, der am Ende seiner Tage gestand: »Erst jetzt weiß ich, daß ich weiß, daß ich nichts weiß.« Oder ins Schlagerlatein übersetzt:

Ob es so oder so oder anders kommt,
so wie es kommt, so ist es recht.
Es kommt sowieso nie so,
wie man es gerne möcht'.

Und das ist auch ganz richtig so, überlegt der Sinnierer, dem hinieden schon so mancher Seifensieder aufging. Mag sein, daß seine Philosophie nicht ganz funktioniert. Aber das hat er dann mit dem gewaltigen Friedrich Nietzsche gemeinsam. Dem seine funktionierte nämlich auch nicht vollkommen. Und wo ist denn da dann schon ein großer Unterschied? Denn es ist doch ziemlich egal, ob ein Rolls-Royce nicht geht oder ein Moped. Und deshalb möchte er besonders allen hartnäckigen Pessimisten – in Anlehnung an das schöne Reklame-Schlagwort einer Fluggesellschaft: »Fliegen

Sie ruhig mit uns, bei uns ist noch keiner oben geblieben« – zurufen: »Leben Sie nur ruhig mit uns, denn es ist auch noch keiner unten geblieben!«
Und was das Geschäft mit der Angst betrifft, das seit Menschengedenken mit wutschnaubenden Göttern getrieben wird, so glaubt der bejahrte Pflastertreter nicht recht daran, daß der Allerbarmer seine Ebenbilder mit glühenden Zangen, einem riesigen Kochtopf und zweihundert frommen Nonnen mit Asbest-Unterwäsche empfängt, die den Neuankömmling sofort am Spieß grillen müssen. So wie es in vielen Kirchlein und Büchlein abgebildet ist. Nein, der sanfte Spinner ist eher der Ansicht, daß schon hier auf dieser Welt alles sauber aufgegessen werden muß, was uns das Leben so brav einbrockt. Vielleicht kommt die große Abrechnung für die Menschen auch manchmal erst in allerletzter Minute, von der ja nicht einmal der Peter Henlein wußte, wie lange sie sein kann. Und das wird dann für den Betreffenden sicher bitter mit finster gemischt. Während eben der andere auf Kamelhaar-Socken durch das bekannte Nadelöhr geführt wird. Nach äußerlichen Absonderungen aber kann man das gewiß nicht beurteilen. Denn es gibt eben Leute, die tun noch keinen Rucker, auch wenn ihnen die Elefantenkuh »Gschtasi« längst auf den Zehen steht. Während die anderen bei einer Filmschnulze sofort das Wasser verlieren wie ein undichter Mercedes-Kühler.
Nun sagt aber schon der große Goethe, wohl auch in dieser Hinsicht: »Grau, Freunde, ist alle Theorie.« Und der Bayer ergänzt vielleicht: »Nix Gwiß woaß ma net.«

Drum gibt es für dieses ungelöste Kreuzwort-Rätsel seit jeher eine große Anzahl handfesten Gebrauchstrost. Und das nicht nur in weißblauer Ausdrucksweise. Denn beispielsweise sagt der kesse Berliner so schön schnoddrig: »Genieße das Leben jetzt, denn was nützt schon dem toten Hund ein Beefsteak.«
In der weißblauen Kolonie aber heißt es noch besser, wenn die Himmelfahrt bevorsteht: »›Hurra, jetzt geht's aufwärts‹, hod da Spotz gsogt, wia 'n d' Katz in 'n viertn Stock nauftrogn hod.«

Der Sigi
Wie ich ihn sah

Nach vierzigjähriger, echter, ehrlicher, aufrichtiger Freundschaft in guten und in stürmischen Zeiten möchte ich sagen, der Sigi war:

sensibel und gschroamaulad,
abweisend und mitfühlend,
streng, aber ungerecht,
hart in seiner Kritik, aber gleich wieder versöhnlich,
gegen jeden Widerspruch (außer von mir),
selbstlos hilfsbereit für Freunde und Bittsteller,
heiter und depressiv,
tapfer im Ertragen von Krankheiten und Schmerzen,
sparsam für sich und großherzig für andere,
unheimlich tierliebend,
ein ewig sich in seine Kindheit zurück Sehnender,
trickreich im Erfinden von Ausreden,
schlitzohrig und offen,
»odraht« und ehrlich zugleich,
ein neunundneuzigfacher Ladykiller und Casanova,
ein spartanisch diszipliniert, enorm fleißiger und
ausdauernder Arbeiter,
einer, der es nicht leicht mit sich selber hatte, es sich
nicht leicht machte,

häufig ein Schwieriger, ein Zerrissener,
ein bayerischer Chaplin,
ein Dichter und Phantast,
sentimental und real,

also rundherum ein großartiger, schwieriger,
gescheiter, eigensinniger Don Juan, Nestroy und
Valentin zugleich – und, wenn's drauf ankam,
von einer großen Menschlichkeit und Güte.

Louise Pallauf

Inhaltsverzeichnis

Zeit

(1) Manchmal wird von jemand behauptet, er schlage die Zeit tot. Wenn dem so ist, meint Blasius, dann muß das der Zeit jedenfalls nicht weh tun, denn er hat ja beispielsweise noch keinen Donnerstag »au« schreien hören.

(2) Mit dem Vergehen der Zeit hat das was ganz Tröstliches auf sich. Denn wenn für den Otto Normalverbraucher ein Jahr vergangen ist, ist der Filmstar um zwölf Monate, der Ministerpräsident um 52 Wochen und der Heilige Vater um 365 Tage älter geworden.

(3) Die Menschen täuschen sich, wenn sie glauben, die Zeit geht vorüber. Dabei ist die Zeit doch immer da. Und nur die Menschen gehn an ihr vorüber. Das ist, wie wenn ein Schriftsteller schreibt: Ich fuhr durch das herrliche Engadin und sah durch das Zugfenster die liebliche Landschaft vorüberziehn. Als ob die Landschaft jemand mit einem Strick vorbeigezogen hätte.